Maty H
et le Fossoyeur au masque d'argent

Maty H
et le Fossoyeur au masque d'argent

Maria Luz A. T.

Tous droits réservés pour tous les pays. « Loi n°49-956 du 16 juillet 1949 sur les publications destinées à la jeunesse »

©2025, Maria Luz A. T.
Dépôt légal : mai 2025
ISBN : 978-2-3226-2260-3
Prix de vente : 12,99 €

Édition : BoD · Books on Demand, 31 avenue Saint-Rémy, 57600 Forbach, bod@bod.fr
Impression : Libri Plureos GmbH, Friedensallee 273, 22763 Hamburg (Allemagne)

Je dédie ce livre à mon père Antonio, qui voulait absolument que je continue à faire les dessins de mes livres. J'espère que tout comme lui vous aimerez cette nouvelle couverture.

Prologue

Bonjour les amis, vous vous rappelez de moi ? Catarina Lavitana, la belle et non moins sculpturale mannequin. Ou plutôt ex-mannequin, et cuisinière à temps perdu. Surtout lorsque je suis obligée de faire des tartes au citron pour mes amis de la police, en échange de quelques renseignements.

Aujourd'hui je suis une super détective privée ! C'est ce que disent les journalistes. Et pour une fois qu'ils sont dans le vrai, je ne voudrais pas les décevoir en leur disant qu'ils se trompent, sans quoi ils perdraient tous leurs repères et franchement ce serait égoïste de ma part d'agir ainsi.

Vous vous rappelez que j'ai des frères super protecteurs, pour ne pas dire super étouffants.

Avec mon fiancé Anthony, nous sommes allés passer quelques jours de vacances auprès de ma famille, et là je me serais crue à l'époque des hommes des cavernes.

Vous trouvez ça absurde ? Eh bien que penseriez-vous si en rentrant chez vous après un an d'absence, vos six frères se jetaient sur votre fiancé pour lui signifier qu'il irait chasser le gibier avec eux le lendemain ?

Anthony, qui est un merveilleux pompier, et je ne dis pas ça parce qu'il a posé pour le calendrier de cette année, a une sainte horreur de la chasse.

Pour ne pas offenser ma famille, il a très courtoisement décliné l'invitation. Mais malheureusement pour lui, il ne connaît pas mes frères qui n'ont nullement tenu compte de ses envies. Ils sont venus le sortir du lit à l'aurore sans le moindre ménagement. Ils l'ont habillé, et emmené de force avec eux.

Mais comme je me doutais qu'ils agiraient de la sorte, j'avais prévu un plan B avec Anthony.

Il devait suivre mes frères s'il n'avait pas d'autre choix et en chemin, se séparer d'eux prétextant avoir plus de chances d'attraper du gibier en étant seul.

Devant cet argument mes frères accepteraient sans aucun doute de le laisser chasser seul, ils lui confieraient un fusil et quelques munitions, avant de continuer leur route dans la forêt.

Dès qu'il serait assez loin, Anthony devait rebrousser chemin et m'attendre à l'endroit que l'on avait convenu la veille.

Dès qu'Anthony et mes frères ont eu quitté la maison, je me suis glissée à l'extérieur pour me rendre en ville. Je suis allée directement chez mon ami Santi, un ami d'enfance et boucher de la ville pour lui demander si on lui avait vendu du gibier.

Il se trouve qu'il venait d'acheter six faisans à des chasseurs. Aussi je me suis fait un devoir de lui racheter tout son gibier. Mais je l'ai clairement prévenu qu'il ne devait en parler à personne s'il ne voulait pas qu'il arrive malheur à ses bijoux de famille, surtout s'il voulait un jour avoir des enfants.

Je ne sais pas pour vous, mais lui a très bien compris le message.

J'ai pris mes six faisans, et je les ai rangés dans mon baluchon, pour retrouver ensuite Anthony à l'endroit convenu. Le pauvre commençait à trouver le temps long dans cette forêt qu'il ne connaissait pas.

Je lui ai pris son fusil, et j'ai tiré plusieurs cartouches en l'air, car je savais que mes frères vérifieraient s'il avait bien utilisé son arme durant la chasse.

Ensuite j'ai mis les faisans dans la poche arrière de sa veste et comme il était beaucoup trop propre, j'ai sali avec de la terre ses vêtements, ses chaussures, ainsi que son visage. Pour que personne ne doute de sa partie de chasse.

Quand mes frères sont revenus le chercher, ils pensaient se moquer de lui, en le traitant de gars de la ville, mais en voyant tous les faisans qu'il avait dans sa veste, ils l'ont traité comme de vrais hommes des cavernes, en lui tapant dans le dos pour lui dire « maintenant tu es un homme et tu peux apporter à manger à ta famille ».

Et grâce à ce subterfuge ils nous ont laissés tranquilles durant tout le reste des vacances.

Comme quoi, avec un peu d'imagination on peut berner les hommes les plus machos de la planète.

Et aucun risque qu'ils ne l'apprennent un jour, car je n'ai nullement l'intention de traduire mes écrits en italien. C'est beaucoup trop risqué pour mon épanouissement personnel et pour ma future vie de couple.

Mais plus sérieusement, je vais vous raconter ma troisième affaire, en la lisant vous aurez l'impression d'être avec moi sur cette enquête.

Chapitre 1
Tante Gina a disparu

Tout a commencé par un matin comme les autres.

Oncle Paolo s'est levé à trois heures du matin pour se rendre aux halles, afin d'acheter les marchandises pour le restaurant.

Tandis que tante Gina et moi continuions à dormir jusqu'à six heures du matin, heure à laquelle ce maudit réveil s'est mis à sonner avec une telle intensité que je l'ai envoyé valdinguer à l'autre bout de la chambre.

Et voilà un autre réveil qui a rejoint le paradis des réveils ! Non mais, ce n'est pas permis d'inventer de tels outils de torture ! En fait ils font ça pour augmenter leur chiffre d'affaires. En sachant que je casse un réveil par mois, dans les bons jours, bien entendu. Vous voyez déjà l'investissement que je dois faire par an.

Imaginez que cinquante pour cent de la population soit comme moi, le fabricant de réveils devient millionnaire à nos frais.

Donc comme je disais, après ce réveil en fanfare je me suis levée pour préparer le petit déjeuner de tante Gina, afin qu'elle le trouve sur la table en sortant de la douche.

— Hum ! Quelle bonne odeur de café et de pain grillé ! dit ma tante en sortant de la douche.

—Tu es toute belle tante Gina !

— Hé ! Il faut bien ça pour que ton oncle Paolo reste toujours amoureux de moi.

— Tu sais tante Gina, même si tu n'étais pas aussi belle, il serait quand même amoureux de toi.

— Peut-être bien ma chérie, mais il faut toujours entretenir la flamme comme au premier jour.

— Et tu le fais très bien tante Gina.

— Qu'as-tu prévu de faire aujourd'hui ?

— En fait comme c'est le calme plat, et qu'Anthony est de repos nous avons prévu de faire un pique-nique, je me charge des sandwichs et lui du dessert.

— Une belle journée en perspective, et je suppose que tu as choisi un coin bien tranquille ?

— Oui, on ira faire un tour à Disneyland.

— Mais je croyais que tu voulais un coin tranquille ?

— C'est toi qui l'as dit, moi j'ai juste parlé de pique-nique.

— En fait vous voulez vous amuser comme des petits fous ? En gros retourner en enfance.

— C'est tout à fait ça ! Bon je te laisse à présent car je vais aller me préparer, mais ne mange pas tout !

— Hum ! C'est tellement bon que rien n'est moins sûr ! dit-elle avec un large sourire.

— Dès que j'aurai pris mon petit déjeuner j'irai te rejoindre tante Gina. À tout à l'heure ! dit-elle avant de disparaître dans la salle de bains.

Gina prit son petit déjeuner et sitôt après descendit au restaurant préparer les pâtisseries qu'elle allait servir au petit déjeuner et au déjeuner.

Catarina était tranquillement en train de prendre son petit déjeuner lorsque son portable se mit à sonner. Elle regarda qui appelait et vit qu'il s'agissait de son oncle Paolo.

— Allo ! Bonjour oncle Paolo, lui dit-elle toute contente de l'avoir au bout du fil.

— Bonjour Catarina. Dis-moi, tu peux demander à ta tante de venir m'ouvrir le restaurant, pour que je puisse ranger les marchandises.

— Mais tante Gina est au restaurant, depuis trois quarts d'heure au moins.

— Tu en es sûre ? Mais pourquoi le restaurant est-il fermé dans ce cas ? Je vais passer par derrière, peut-être qu'elle a eu un problème pour soulever le rideau.

— Je descends tout de suite, pour m'assurer que tout va bien.

Catarina prit son portable et les clefs de l'appartement, et s'en alla en courant, sautant les marches deux par deux pour arriver plus vite en bas.

Arrivée devant la porte arrière du restaurant, elle vit son oncle Paolo blanc comme un linge, qui fixait le mot cloué à la porte par un poignard.

— Oncle Paolo, qu'est-ce qui se passe ?

Celui-ci se tourna vers elle tel un somnambule, avec la voix cassée par l'émotion.

— Ta tante vient d'être enlevée.

— Quoi ? Mais qu'est-ce que tu racontes ?

— Il y a un message pour toi, sur la porte

Catarina descendit les dernières marches et arracha le message de la porte, pour le lire à voix haute.

Ce message est pour Maty H, détective privée.
Je cherche un adversaire à la hauteur.
Je vous engage pour me trouver, puisque la police est incapable de le faire.
Je vous laisse sept jours pour réussir.
Et pour solde de tout compte, la vie de votre tante sera le prix.
Signé : Le Fossoyeur au masque d'argent.

— Catarina, qui est cet homme ? Et pourquoi s'en prend-il à ta tante ?

— Je n'en sais rien pour l'instant, mais j'ai bien l'intention de découvrir le fin mot de cette histoire. Oncle Paolo, reste là jusqu'à l'arrivée de Paul, et surtout ne touche à rien.

Catarina appela son ami l'inspecteur Paul, qui était d'astreinte au commissariat, pour lui dire que sa tante venait d'être enlevée par le Fossoyeur au masque d'argent.

— Quoi ? Tu en es sûre ?

— Il a placardé un message à mon attention, sur la porte du restaurant.

— Ne bouge pas j'arrive tout de suite.

Catarina laissa son oncle sur les marches de l'escalier et s'en alla tambouriner sur la porte en verre de la loge de la concierge. Un homme en pyjama vint lui ouvrir à moitié endormi.

— Arrêtez donc de frapper de la sorte ou vous allez réveiller mes garçons !

— Avez-vous vu ma tante ?

— Quoi ? Mais de quoi parlez-vous ? Je dormais tout comme ma femme et mes enfants. Et je ne sais même pas qui est votre tante.

— Ma tante c'est Gina, et c'est la propriétaire du restaurant dont la porte arrière se trouve sur le palier de droite.

— Ah oui, je vois qui c'est. Mais je ne l'ai pas vue depuis plusieurs jours, il faut dire que je travaille la nuit, et que la journée je dors, du moins jusqu'à la sortie des classes, heure à laquelle je vais chercher mes garçons.

— Est-ce que vous avez vu ou entendu une voiture dans la cour ?

— Non, pas aujourd'hui. Mais pourquoi me posez-vous toutes ces questions ?

— Parce que ma tante vient d'être enlevée !

— Oh mon Dieu ! Si je peux vous aider, surtout n'hésitez pas à faire appel à moi !

— La police voudra sans doute vous interroger.

— Oh mais il n'y a pas de problème, je répondrai à toutes leurs questions, lui répondit-il en bâillant à s'en décrocher la mâchoire. Excusez-moi, mais j'ai travaillé toute la nuit et je suis exténué.

— Non, vous n'avez pas à vous excuser, allez vous recoucher et merci encore pour votre aide.

Sitôt après, elle sortit à l'extérieur de l'immeuble, mais ne vit rien de particulier ; la rue était silencieuse et personne n'y circulait en dehors du camion poubelle qui ramassait les poubelles de chaque immeuble mises sur le trottoir.

Catarina alla trouver les éboueurs pour leur demander s'ils n'avaient pas vu des hommes enlever une femme.

— Non madame, vous savez à cette heure-ci il n'y a personne dans les rues, et si on avait vu quelqu'un qui agissait de la sorte, on serait allés aider cette femme.

— Oui, j'en suis certaine, si jamais en continuant votre tournée vous remarquez quelque chose de suspect, n'hésitez pas à en parler à la police.

— Oui madame.

En voyant un véhicule de police s'engouffrer dans la rue, elle sut instinctivement qu'il s'agissait de Paul. Aussi prit-elle congé des éboueurs pour aller à sa rencontre.

Arrivé devant le restaurant de Gina, il arrêta son véhicule et rejoignit Catarina.

— Paul, Il a enlevé ma tante ! Pourquoi ? Qui est ce Fossoyeur au masque d'argent ?

— Calme-toi Catarina, et montre-moi le message qu'il a laissé.

La main tremblante elle sortit le message de sa poche et le lui tendit.

— Qui est cet homme ? demanda-t-elle en colère.

— Je n'en sais rien, cela fait des mois qu'on le recherche.

— Que peux-tu me dire à son sujet ?

— Nous en parlerons tout à l'heure Catarina, lorsque nous serons au commissariat. D'ici peu la police scientifique va arriver pour faire un relevé d'empreintes et pendant ce temps nous interrogerons toutes les personnes de l'immeuble et des alentours. Nous devons d'abord nous assurer que personne n'a vu ou entendu quelque chose de suspect. Où est ton oncle, Catarina ?

— Il est assis devant la porte arrière du restaurant.

— Lorsque tu as remarqué la disparition de ta tante, est-ce que le grand portail de l'immeuble était ouvert ou fermé ?

— Je n'en sais rien, il faudrait le demander à mon oncle, car c'est lui qui m'a appelée pour me dire que le restaurant était fermé. Et qu'il avait besoin que tante Gina vienne lui ouvrir la porte arrière du restaurant.

— Tu as donc prévenu ta tante que son mari l'attendait devant le restaurant ?

— Non, parce qu'elle était déjà en bas depuis trois quarts d'heure au moins.

— As-tu vu ou croisé quelqu'un en descendant ?

— Non. Il n'y avait personne. Je suis allée tout de suite chez la concierge, et c'est son mari qui m'a ouvert. Avant que je ne vienne le réveiller, ils étaient tous en train de dormir. D'après ce que j'ai compris, il travaille de nuit, et la journée il dort, jusqu'au moment où il doit aller chercher ses enfants à l'école en fin d'après-midi. Il n'a entendu entrer aucune voiture dans la cour. J'ai aussi interrogé les éboueurs, mais eux non plus n'ont rien vu ni entendu.

— Bon allons trouver ton oncle et laissons le portail grand ouvert afin que la police scientifique puisse entrer.

Paul et Catarina allèrent trouver Paolo dans le hall ; il était assis sur les marches de l'escalier, les yeux perdus dans le vide.

— Oncle Paolo, lui dit Catarina en lui prenant le visage entre les mains.

— Catarina, pourquoi s'en est-il pris à Gina ? Elle n'a jamais fait de mal à personne. Pourquoi ? Pourquoi ? dit-il en pleurant.

— Oncle Paolo, ce n'est pas à elle qu'il en veut, mais à la police. Il l'a marqué dans son message, mais je te promets de tout faire pour la retrouver saine et sauve, et je n'arrêterai que lorsqu'elle sera de nouveau parmi nous. Je demanderai l'aide de tous nos amis pour la retrouver, et je suis sûre d'une chose, c'est qu'ils répondront à mon appel.

— Moi aussi je t'aiderai à la chercher !

— Non, oncle Paolo, tu dois rester ici et t'occuper du restaurant.

— Non ! Le restaurant n'ouvrira ses portes que lorsqu'elle sera de nouveau parmi nous !

— Écoute oncle Paolo...

— Non Catarina ! dit-il sèchement. Ça ne sert à rien de vouloir me protéger, et si tu ne veux pas de mon aide pour la chercher, je le ferai tout seul.

Catarina voyait bien qu'il ne changerait pas d'avis ; ne voulant pas prendre le risque de le perdre à son tour, elle accepta son aide.

— Soit, on la cherchera ensemble.

Et se tournant vers Paul, elle lui dit qu'elle voulait voir tout ce qu'il avait sur le Fossoyeur au masque d'argent.

— Et j'aurais besoin d'un endroit assez grand pour que l'on puisse tous se réunir.

— J'ai la salle de réunion, mais vu la quantité de personnes que tu as l'intention d'appeler, je doute qu'elle soit suffisamment grande pour les contenir.

— Dans ce cas ils se réuniront tous au restaurant, dit Paolo.

— Tu es sûr de vouloir faire de ton restaurant un QG de recherches ?

— Certain, il y a assez de tables pour travailler, et vous aurez du café et de quoi manger sur place.

— Après tout pourquoi pas, dit Catarina. D'accord oncle Paolo, le restaurant sera notre QG.

Alors qu'ils parlaient la police scientifique vint trouver Paul afin qu'il leur dise ou commencer leurs recherches d'empreintes. Paul indiqua la porte du restaurant, l'arme blanche qui était toujours enfoncée dans la porte, ainsi que le message qu'il avait entre les mains.

— On cherchera des empreintes, mais vu le nombre de passages qu'il y a ici, je doute qu'on trouve quelque chose.

— Pourquoi dites-vous ça ? leur demanda Catarina.

— Parce qu'on n'a jamais trouvé une seule empreinte du Fossoyeur depuis qu'on est sur ses traces.

— Oncle Paolo, lorsque la police scientifique aura terminé, je voudrais que tu ouvres le restaurant et que tu nous prépares la salle de manière à ce qu'on puisse tous être face au mur. J'ai l'intention d'y épingler une grande nappe blanche en plastique comme tableau, elle nous servira dans nos recherches pour inscrire tout ce qu'on aura découvert.

Il faudrait aussi des marqueurs de différentes couleurs, ainsi que des punaises. J'aurais besoin de mon ordinateur et de mon imprimante, ainsi que de plusieurs bloc-notes et de nombreux stylos. Ton fax fonctionne toujours oncle Paolo ?

— Tout à fait.

— Il nous faut pas mal de feuilles et de l'encre, car nous allons recevoir un grand nombre de documents.

— Lorsque tu reviendras, tu trouveras tout ce que tu m'as demandé.

— Merci oncle Paolo.

Et se tournant vers son ami Paul, elle lui demanda s'ils pouvaient dès à présent se rendre au commissariat, afin de consulter tous les documents qu'il y avait sur le Fossoyeur au masque d'argent.

Le policier donna des instructions à la police scientifique avant de partir au commissariat avec Catarina.

Chapitre 2
Les victimes du Fossoyeur au masque d'argent

— Paul, maintenant que nous sommes au commissariat, je veux que tu me racontes tout ce que tu sais au sujet du Fossoyeur au masque d'argent !

— Catarina, tout d'abord tu devrais te calmer, car dans l'état où tu es tu ne feras rien de bon.

— Paul ! Je n'ai pas de temps à perdre en fadaises, alors arrête de prendre ce ton condescendant avec moi. Je ne suis pas une de tes victimes, et je ne le serai que si j'accepte de l'être. Et je peux t'assurer que ce ne sera pas pour aujourd'hui !

J'ai bien l'intention de remuer ciel et terre pour retrouver tante Gina, et ça sera avec ou sans ton aide !

Alors, soit tu m'aides sur cette affaire, soit j'implique la presse, et je peux t'assurer que je mettrai un vent de panique dans toute la France. Toute la population se soulèvera et tombera sur le président de la République, sur son premier ministre, qui par la force des choses ira jusqu'au préfet de police, et donc jusqu'à toi.

— Tu ne ferais pas ça !

— Paul, tu me connais assez bien pour savoir que je ne bluffe pas, alors décide-toi, tu es avec moi ou contre moi ?

Paul savait très bien que Catarina mettrait son plan à exécution s'il ne l'aidait pas, allant jusqu'à prendre des risques inconsidérés s'il le fallait pour sauver sa tante. Aussi décida-t-il de l'aider, non par peur des représailles, mais plutôt par amitié envers elle et sa famille. Il savait que Catarina était une personne loyale, qui mettait un point d'honneur à mener ses enquêtes jusqu'au bout, quitte à mettre sa vie en danger.

— Je marche avec toi, par contre si tu veux mener à bien cette enquête, tu auras besoin de l'aide de personnes compétentes.

— Ne t'en fais pas pour ça, j'aurai l'aide nécessaire. Bon maintenant dis-moi tout ce que tu sais.

— Le Fossoyeur au masque d'argent a sévi dans plusieurs coins de France. Jusqu'à maintenant il a enlevé quinze personnes, et ça fait sept ans que nous sommes à sa recherche. Mais malheureusement on n'a retrouvé aucune de ses victimes.

— Il n'a jamais fait aucune demande de rançon ? Ou laissé une quelconque lettre expliquant son geste ?

— Non rien.

— Mais alors comment savez-vous que c'est lui qui a enlevé toutes ces personnes ?

— Parce qu'il a signé à chaque fois « le Fossoyeur au masque d'argent » sur la porte de ses victimes.

— Ça veut donc dire qu'elles ont toutes été enlevées à l'extérieur, avant même de rentrer chez elle !

— Non pas du tout, certaines ont été enlevées à l'extérieur, mais d'autres à l'intérieur de leur appartement. Par contre la signature sur les portes c'est pour s'assurer que ça ne passerait pas inaperçu.

— Et je suppose que personne n'a jamais rien vu ni entendu ?

— C'est ça.

— Tu dois avoir un dossier pour chaque victime.

— Oui, avec toutes les recherches que l'on a faites pour chacune d'entre elles.

— Paul, je voudrais une copie de chaque dossier pour les passer en revue. Peut-être que je trouverai à l'intérieur un détail qui vous aura échappé.

— Catarina, le nombre de policiers qui se sont penchés sur cette affaire est vraiment impressionnant, et malgré tout personne n'a jamais rien trouvé.

— Sans doute Paul, et je ne doute pas un instant du travail colossal qui a été fait, mais je suis personnellement impliquée dans cette affaire, et je peux t'assurer que la motivation est là.

— Soit, je vais te faire une copie des dossiers, mais tu vas avoir besoin d'aide pour les emporter.

— Ne t'en fais pas pour ça, je vais appeler Guillaume pour qu'il vienne me chercher.

— D'accord, dans ce cas reste dans mon bureau pendant que je te sors une copie de chaque dossier.

Paul imprima chaque dossier et les rangea dans des cartons vides ayant contenu peu de temps auparavant des ramettes de feuilles pour l'imprimante.

Une fois le dernier dossier imprimé, il retourna auprès de Catarina. Qui avait profité de ce laps de temps pour appeler Guillaume et Anthony afin de les mettre au courant de la situation. Elle leur avait expliqué qu'elle ne disposait que de sept jours pour retrouver Gina en vie, et que pour réussir à temps, elle avait besoin de leur aide. Et comme elle se l'imaginait tous les deux répondirent présents. Elle leur donna rendez-vous dans le restaurant de Gina, qu'elle avait pour l'occasion transformé en QG de recherches.

Mais ce qu'elle ignorait, c'est que pendant qu'elle attendait le retour de Paul avec les dossiers de chaque victime, Guillaume et Anthony étaient allés trouver leurs supérieurs pour leur expliquer la situation de Catarina et pour les prévenir qu'ils prenaient une semaine de vacances pour lui venir en aide.

Par amitié pour Gina et sa famille, l'employeur de Guillaume accepta de lui donner une semaine de vacances avec effet immédiat. Mais comme il ne pouvait pas le laisser partir avec l'un de ses taxis pour un délai aussi long, il lui prêta une de ses voitures personnelles pour qu'il ne soit pas lésé dans ses recherches.

Sitôt les clefs en mains, Guillaume se rendit au commissariat du 8ème arrondissement pour récupérer Catarina. Une fois sur place, il appela Catarina sur son portable, afin de la prévenir de son arrivée.

— Catarina, je vais me garer et ensuite je viendrai te retrouver.

— Ce ne sera pas utile Guillaume, attends-moi dans la voiture, je te rejoins tout de suite avec Paul ; par contre tu peux ouvrir le coffre car on est assez chargés.

— D'accord, je t'attends.

À peine venait-il de raccrocher que Catarina sortait du commissariat les bras chargés.

Guillaume alla à sa rencontre pour lui prendre des mains le carton rempli de dossiers, qu'il rangea immédiatement dans le coffre de la voiture, et sitôt après il vit Paul qui lui en tendait un deuxième, tout aussi rempli.

— Il y en a d'autres ?

— Non, juste ces deux-là, répondit Paul.

Guillaume ferma le coffre et alla prendre place au volant.

— Paul je te laisse mener tes recherches sur la disparition de ma tante, et pendant ce temps mon équipe et moi-même commencerons notre enquête.

— Catarina, je veux être au courant de la moindre chose que tu trouveras sur cette affaire, et surtout ne fais rien de dangereux sans m'en informer auparavant. Si tu as besoin de moi pour quelque raison que ce soit, ou si tu te trouves devant des personnes récalcitrantes appelle-moi, et je me chargerai de t'envoyer une voiture de service, ce qui en général les calmera tout de suite.

— Je n'y manquerai pas, c'est promis, dit-elle en lui serrant la main. Merci.

— Je passerai à ton QG dès que j'aurai terminé mon service, comme ça je te ferai un compte rendu de nos recherches.

Sur un dernier signe de tête, elle le laissa pour monter dans la voiture de Guillaume.

— Bonjour Guillaume, dit-elle en l'embrassant sur la joue. Merci d'avoir répondu à mon appel.

— Tu ne croyais tout de même pas que j'allais refuser de t'aider ! Vous êtes ma famille, ne l'oublie jamais !

— Mais où as-tu trouvé cette voiture ? Je m'attendais à te trouver en taxi. Et j'avais l'intention de t'embaucher pour sept jours.

— Ce ne sera pas la peine. J'ai parlé à mon employeur de ce qui est arrivé à Gina, il m'a donné sept jours de vacances et cette voiture pour nous aider dans nos recherches. Alors par quoi commençons-nous ?

— Tout d'abord, par emmener tous ces documents au restaurant de Gina dont j'ai fait notre salle de QG. Et ensuite nous nous chargerons de reprendre toute la chronologie du kidnappeur.

Arrivés devant le restaurant de Gina, elle vit l'inspecteur Renoir qui l'attendait aux côtés d'Anthony et de deux autres pompiers.

Anthony vint lui ouvrir la portière pour la prendre dans ses bras.

— Anthony tu es venu !

— Oui Catarina, je suis là et tu n'es plus seule, dit-il en la serrant dans ses bras. Marc et Thomas, mes deux collègues, sont venus avec moi pour nous prêter main forte. Et l'inspecteur Renoir est lui aussi venu t'aider, dès qu'il a entendu parler de la quinzième victime du Fossoyeur au masque d'argent. Allons à l'intérieur à présent, nous serons mieux pour parler et pour commencer nos recherches.

— Oui, tu as raison. Il faut qu'on décharge les deux cartons qui sont dans le coffre de la voiture, ils contiennent les dossiers des quinze victimes du Fossoyeur.

Anthony prit l'un des cartons, tandis que l'inspecteur Renoir prenait le deuxième sans dire un mot.

Catarina posa sa main sur son bras et dit d'une voix tremblante :

— Merci d'être venu me prêter main forte, Inspecteur.

— Tu n'as pas à me remercier Catarina, les amis sont faits pour ça. Et sans fausse modestie, lorsqu'on travaille ensemble, on forme une très bonne équipe que rien n'arrête. Et puis ne suis-je pas le meilleur formateur que tu aies jamais eu ? répondit-il en lui faisant un clin d'œil, dans l'espoir de lui donner du courage.

— Ma foi, en y réfléchissant... vous êtes plus qu'un instructeur pour moi, vous êtes un mentor. Inspecteur, c'est vous qui m'avez formée pour faire de moi une détective privée.

— Et je dois reconnaître que de tous les élèves que j'ai eus, tu es de loin la meilleure. N'oublie pas comment nous avons résolu ta première enquête en retrouvant l'antiquaire qui avait disparu, sans parler de la deuxième, qui nous a permis de retrouver et de sauver tous les enfants de l'orphelinat Sainte-Catherine.

Catarina et l'inspecteur se regardèrent dans les yeux et sans rien dire, elle hocha la tête en signe d'approbation.

Tandis que tous trois entraient dans le restaurant, Guillaume alla garer la voiture au bout de la rue.

— Merci mes amis d'être venus m'aider à retrouver tante Gina. J'ai dans ces cartons une copie des dossiers des quinze victimes du Fossoyeur au masque d'argent. Cela fait plusieurs années que la police le pourchasse, en vain, et je voudrais que l'on reprenne ces dossiers à nouveau. Car peut-être qu'un nouveau regard nous permettra de voir quelque chose qui leur a échappé. Nous serons cinq pour étudier quinze dossiers, on épinglera au mur un rouleau de papier blanc, on mettra dessus la photo de chaque victime, et sous chacune d'entre elles on inscrira l'identité.

— Catarina, ça serait bien qu'au-dessus de chaque photo, on inscrive la ville où elles ont été enlevées, comme ça ce sera plus facile pour mener nos recherches, dit l'inspecteur Renoir.

— Donc, voilà comment nous allons procéder pour chaque victime :

    1/ la ville où a eu lieu le kidnapping
    2/ la photo de la victime
    3/ nom et prénom
    4/ date et lieu de naissance (l'âge)
    5/ situation familiale
    6/ nombre d'enfants
    7/ métier exercé
    8/ date du kidnapping

Pour chaque victime, nous ferons des fiches sur lesquelles nous marquerons les ennemis et les amis, et leur parcours avant leur disparition.

Il faudra relever les numéros de téléphone de leurs amis et de leur famille, ainsi que de l'officier de police qui s'est occupé de cette affaire.

Quand tout ce travail sera fait, nous pourrons enfin y voir plus clair et commencer nos recherches.

Paolo savait qu'ils allaient travailler de longues heures sur leur dossier, c'est pourquoi il commença à préparer quelques sandwichs et du café pour les maintenir éveillés tout au long de leur travail.

Lorsqu'ils commencèrent à lire leur dossier, Paolo les aida en scannant la photo de chacune des victimes, et en l'imprimant ensuite pour l'afficher sur le panneau blanc.

Petit à petit le panneau blanc commençait à se remplir, et chacun écrivait sous la photo de la victime dont il étudiait le dossier toutes les informations qui s'y trouvaient.

Catarina et ses amis finirent de remplir le panneau à six heures du matin, après avoir passé quinze heures dessus.

Ils se levèrent pour détendre leurs muscles endoloris et pour mieux regarder ce qui avait été inscrit sur le panneau blanc.

Tours

Victime n°1　　　　　　　　　Victime n°2
Serge Dupois　　　　　　　　Aristos Carnotis
57 ans　　　　　　　　　　　50 ans
01/03/1959　　　　　　　　　05/02/1966
Divorcé　　　　　　　　　　Célibataire
2 enfants　　　　　　　　　 Sans enfants
Détective privé　　　　　　 Trader
2010　　　　　　　　　　　　2010

Poitiers

Victime n°3　　　　　　　　　Victime n°4
Ambroise Decarpe　　　　　　Éléonore Ducorps
53 ans　　　　　　　　　　　47 ans
09/07/1963　　　　　　　　　03/06/1969
Célibataire　　　　　　　　Célibataire
Sans enfants　　　　　　　　3 enfants
Directeur de l'orphelinat　 Prostituée
des anges　　　　　　　　　 2011
 2011

Lille

Victime n°5
Isabelle Fleurin
40 ans
13/09/1976
Mariée
2 enfants
Coiffeuse
2012

Victime n°6
Martin Dupondis
48 ans
20/12/1968
Marié
Sans enfants
Banquier
2012

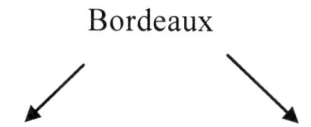

Bordeaux

Victime n°7
Stéphanie Montfort
48 ans
21/10/1968
Célibataire
Sans enfants
Avocate
2013

Victime n°8
Angélique Saurin
38 ans
07/11/1978
Célibataire
Sans enfants
Représentante
en cosmétique
2013

Toulouse

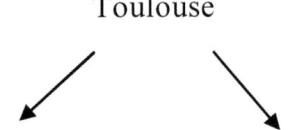

Victime n°9
Jean-Paul Salazare
60 ans
12/05/1956
Marié
1 enfant
Pharmacien
2014

Victime n°10
Alain Chamort
55 ans
15/04/1961
Marié
2 enfants
Chauffeur poids lourd
2014

Orléans

Victime n°11
Gilbert Riper
62 ans
08/08/1954
Concubinage
5 enfants
Chef sécurité
dans un entrepôt

2015

Victime n°12
Nataniel Sébastopol
32 ans
14/03/1984
Marié
2 enfants
Policier
2015

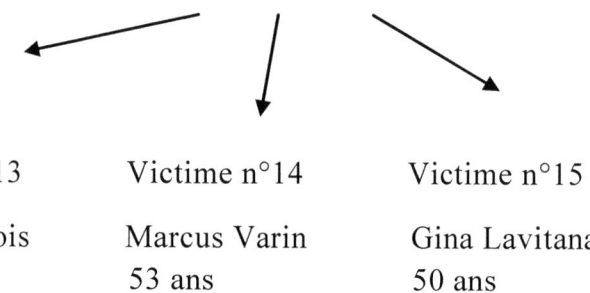

Victime n°13	Victime n°14	Victime n°15
Marc courtois	Marcus Varin	Gina Lavitana
42 ans	53 ans	50 ans
07/03/1974	02/09/1963	20/08/1966
Marié	Célibataire	Mariée
Sans enfants	Sans enfants	Sans enfants
Chercheur	Embaumeur	Restauratrice
2016	2016	2016

— Nous avons à présent les quinze victimes du Fossoyeur, et c'est maintenant à partir de ce tableau qu'il nous faudra émettre différent modes de recherche.

Chapitre 3
Catarina mène l'enquête

— En regardant ce panneau, on voit qu'ils sont d'âges et de métiers totalement différents, dit Catarina. Pourtant il doit y avoir un point commun entre eux, sinon pourquoi le Fossoyeur les aurait-il choisis ?

— Catarina est-ce que tu as remarqué leurs métiers ? demanda Anthony.

— Oui, Anthony, je sais à quoi tu penses et nous chercherons dans cette direction, mais je doute que cette piste nous mène quelque part. Car c'est beaucoup trop flagrant, et je suis certaine que la police a déjà dû chercher dans cette direction.

— Inspecteur Renoir…

— Catarina, tout d'abord tu vas peut-être arrêter de m'appeler inspecteur Renoir pour m'appeler Simon, car après tout c'est mon prénom. On se connaît depuis quelque temps maintenant et on a déjà travaillé ensemble. De plus je ne suis pas ici en tant qu'inspecteur Renoir, mais en tant qu'ami, aussi je crois qu'il est temps qu'on se tutoie.

— Merci Simon, et n'oublie pas que toutes les personnes ici présentes sont aussi tes amis. Et que nous sommes tous très heureux de compter sur toi.

— Elle a raison ! répondirent-ils tous ensemble.

Pour la première fois de sa vie, l'inspecteur Renoir était heureux d'appartenir à un groupe d'amis. Car à cause de sa dureté jamais personne n'avait essayé d'être ami avec lui jusqu'à ce qu'il connaisse Catarina qui, avec son caractère bien trempé, était passée outre son mauvais caractère. En venant la trouver, il avait décidé de mettre sa mauvaise humeur et son orgueil de côté pour l'aider. Il se rendit compte qu'en agissant de la sorte, il avait gagné des amis.

— Je voulais dire tout à l'heure que tu avais raison, nous avons cherché du côté de leur emploi, mais malheureusement nous n'avons rien trouvé de probant.

— Ce n'est pas à ça que je faisais allusion Simon, répondit Anthony. Mais plutôt à ce que l'on voit sur le panneau. Si je te dis détective privé, avocate, représentant en cosmétiques, pharmacien, chauffeur de poids lourd, chef sécurité dans un entrepôt, policier, chercheur, embaumeur. J'ai fait abstraction du métier de Gina, car elle n'apparaît dans cette liste de victimes que parce qu'il veut que Catarina le pourchasse. Alors maintenant que je t'ai tout énuméré, à quoi penses-tu ?

— Vu sous cet angle, on a l'impression qu'un nouveau médicament ou produit vient d'être mis sur le marché, et que toute une organisation secrète tire les ficelles dans l'ombre. Mais je n'y crois pas, car rien ne nous a permis d'aller dans ce sens. Si ça avait été le cas jamais il n'aurait mis autant de temps pour se débarrasser de ses victimes.

Non, il y a autre chose, mais pour l'instant on n'arrive pas à savoir quoi.

— Et à ce jour on n'a retrouvé aucune des victimes, c'est bien ça ? demanda Anthony.

— Oui, c'est bien ça.

— D'accord, Catarina par où veux-tu qu'on commence nos recherches ?

— Anthony, je voudrais que toi et tes compagnons vous fassiez tous les hôpitaux et toutes les cliniques de Paris et que vous montriez à tous les membres du corps médical les photos des victimes du Fossoyeur. Il faudra aller dans tous les services, et voir tous les personnels, en passant par le secrétariat, les infirmières et les médecins.

En tant que pompiers, les portes vous sont ouvertes et les langues se délieront beaucoup plus facilement.

— Catarina, il y a au moins quarante-cinq hôpitaux et cliniques confondus dans Paris ! À trois jamais nous n'arriverons à tous les faire en moins d'une semaine.

— Je le sais, c'est pourquoi je vais appeler les religieuses de l'orphelinat Sainte-Catherine, et Maître Deforge afin qu'il rameute toute son équipe pour qu'ils viennent nous prêter main forte.

— Et tu crois vraiment qu'ils nous aideront ?

— Je l'espère, mais tant que je ne les aurai pas appelés je n'en saurai rien. Il va falloir imprimer une bonne centaine de feuilles afin que chaque membre de l'équipe ait en sa possession la photo des quinze victimes.

— Je m'en charge ! dit Paolo. Vu que j'ai déjà scanné toutes les photos, je n'ai plus qu'à les coller sur un document en format A4, afin qu'on les ait tous sur la même feuille.

— Oncle Paolo, tu auras assez de feuilles et d'encre pour faire tout ça ?

— Largement plus qu'il n'en faut.

— Et qu'as-tu prévu pour nous ? demandèrent Guillaume et Simon.

— Simon, je voudrais que tu te charges de tous les cimetières de Paris. Il doit y en avoir une bonne vingtaine environ.

— Jamais je n'y arriverai tout seul !

— Je sais, c'est pourquoi il faudrait faire appel à tes amis du RAID, afin qu'ils fassent le tour des cimetières avec toi. Et pendant ce temps je me chargerai avec Guillaume des organismes funéraires, funérariums et crématoriums.

— Catarina, tu crois vraiment qu'il aurait pu emmener une des victimes là-bas ? demanda Anthony.

— Je n'en sais rien. Mais je me dis qu'il n'a pas dû prendre le nom de Fossoyeur sans raison. Car après tout qu'est-ce qu'un Fossoyeur, si ce n'est une personne qui travaille dans le secteur des pompes funèbres, et plus particulièrement dans les cimetières ? C'est lui qui creuse les fosses et qui descend les défunts dans leur tombe, qui les entretient et qui s'assure qu'elles ne soient pas profanées. Ils s'occupent des cimetières, procède à l'exhumation des corps, à l'ouverture et à la fermeture des caveaux et des cases des columbariums.

— Ça peut être une explication, mais pourquoi ajouter au titre de Fossoyeur, le masque d'argent ?

— Ça me fait penser au fantôme de l'opéra qui porte un masque, peut-être que ça n'a rien à voir, mais mon hypothèse est que pour une raison que j'ignore encore il porte ce masque pour cacher une blessure, pas physique, on l'aurait tout de suite repérée autrement, mais plutôt une blessure interne. Et quand je dis interne je pense à quelqu'un qui lui est très cher, comme une mère, une femme ou un enfant, en fait un membre de sa famille.

— Tu ne crois pas que tu vas un peu loin dans tes hypothèses, et tout ça parce qu'il a signé le Fossoyeur au masque d'argent.

— Peut-être que j'ai tort Anthony, seul l'avenir nous le dira.

— Et si après toutes nos recherches on ne trouve toujours rien ?

— Dans ce cas je dirigerai mes recherches ailleurs. Mais j'aviserai le moment venu.

Simon, lorsque tu auras fini la visite des cimetières, et que tu y auras relevé le nom de chaque personne travaillant sur place, je voudrais que tu viennes avec moi à deux endroits où seule je n'aurai pas accès.

— Et de quels endroits parles-tu ?

— Le premier c'est l'institut médico-légal de Paris ; c'est une morgue située au 2, voie Mazas le long du quai de la Râpée, dans le 12ème arrondissement. C'est là-bas qu'on conduit tous les défunts dont le décès a eu lieu sur la voie publique, accidentel ou non. Ainsi que les décès d'origine criminelle ou considérés comme suspects, ou les corps non identifiés.

Quant au second endroit, il s'agit de la faculté de médecine Paris Descartes au 15, rue de l'École-de-Médecine dans le

6ème arrondissement. C'est là-bas qu'on transporte une partie des morts qui ont donné leur corps à la médecine.

— Pour l'institut médico-légal, je comprends car il est interdit au public, mais pour la faculté de médecine un peu moins.

— Je veux contrôler tous leurs morts sans mandat, mais en tant que détective privée je n'ai aucune chance d'y parvenir.

— Mais ça ne veut pas dire qu'ils accepteront pour autant de nous laisser les voir.

— Je sais, mais si on n'essaie pas, on n'en saura jamais rien.

Simon ne dit rien pour ne pas lui ôter ses illusions, il savait par expérience que ses recherches avaient peu de chance d'aboutir. Mais par un raisonnement qui lui était totalement inconnu, Catarina avait à maintes reprises réussi à résoudre des affaires bien plus insolubles que celle-ci. Aussi espérait-il au plus profond de son cœur qu'elle trouverait une fois de plus l'indice qui leur avait échappé durant toutes ces années. Car il savait que Catarina serait anéantie si elle n'arrivait pas à sauver sa tante, et qu'elle laisserait à jamais son travail de détective privée. Aussi se promit-il de faire tout ce qu'il pourrait pour l'aider dans ses recherches.

— D'accord Catarina, on fera comme tu voudras.

— Merci Simon. Je te laisse appeler tes amis les retraités du RAID, afin de leur demander s'ils peuvent venir nous aider dans nos recherches. Et pendant ce temps j'appellerai de mon côté Maître Deforge pour qu'il vienne nous aider avec toute son équipe, ainsi que les sœurs de l'orphelinat Sainte-Catherine.

— Des religieuses ! Mais pour quoi faire ?

— Simon, avec ta plaque tu pourras aller où tu voudras, et tes anciens compagnons du RAID aussi, ainsi que nos amis pompiers, mais Maître Deforge et son équipe ne pourront aboutir à rien, sauf si une religieuse est à leurs côtés. Car qui pourrait en son âme et conscience refuser quoi que ce soit à des religieuses ?

— Eh ! C'est plutôt ingénieux de ta part.

— Simon je veux que chaque groupe soit constitué d'un membre de l'équipe de Maître Deforge et d'un autre provenant d'un des différents corps soit du RAID, policier, pompier ou religieuse. Et chaque groupe doit disposer d'un téléphone portable.

— C'est tellement insensé comme démarche que ça pourrait bien fonctionner. D'accord, j'appelle mes amis, quant à toi appelle les tiens. Et où veux-tu qu'on se retrouve ?

— Ici-même. Oncle Paolo a fait une bonne centaine de photocopies des quinze victimes du Fossoyeur au masque d'argent. Afin que chacun de nous parte avec un exemplaire à montrer partout où il ira. Nous donnerons à chaque groupe un nombre d'hôpitaux ou de cliniques à contrôler, il en sera de même pour les cimetières.

— D'accord, faisons comme ça.

Catarina et Simon appelèrent leurs amis pour leur demander de l'aide tout en leur expliquant la situation critique dans laquelle se trouvait Gina. Et comme Catarina l'avait espéré tous répondirent présents. Dans l'heure qui suivit plus de soixante personnes arrivèrent au restaurant de Gina pour lui prêter main forte.

Maître Deforge vint la trouver, suivi de son équipe au grand complet.

— Nous sommes tous là pour t'aider Catarina, dis-nous ce que tu veux que nous fassions.

Au même instant arrivèrent les amis de Simon, les anciens retraités du RAID, qui l'avaient jadis aidée à sauver les fillettes de l'orphelinat Sainte-Catherine. Et derrière eux arrivaient les religieuses de l'orphelinat.

— Merci mes amis, d'avoir accouru à mon appel pour m'aider à chercher ma tante Gina. Comme vous le savez sûrement elle a été enlevée il y a 24 heures, et je ne dispose plus que de six jours pour la retrouver saine et sauve. Pour l'instant je n'ai aucune piste, la seule chose que j'ai en ma possession, c'est la lettre que le Fossoyeur au masque d'argent m'a laissée sur la porte du restaurant. Cette lettre ne me donne comme indice que le surnom qu'il s'est donné, du moins j'espère que c'est une piste. Aussi je vais commencer mes recherches par élimination. Il nous faudra contrôler tous les hôpitaux, cliniques, et cimetières entre aujourd'hui et demain afin d'éliminer cette piste.

Nous formerons des groupes de deux, chaque religieuse sera accompagnée d'un membre de l'équipe de Maître Deforge, et vous aurez le secteur des hôpitaux.

Mon oncle Paolo vous donnera à tous un bloc-notes et un stylo, ainsi que l'adresse des hôpitaux que vous devrez inspecter. Il vous faudra interroger tous les membres du corps médical, et du secrétariat. Vous leur montrerez les photos qu'on a imprimées et si l'un d'eux reconnaît quelqu'un, vous prenez les coordonnées de cette personne, et vous inscrivez sur votre calepin quelle photo est celle qu'il ou elle a reconnue. Et lorsque vous aurez contrôlé tout ce que l'on vous aura demandé, vous reviendrez ici pour faire votre rapport. Si jamais je ne suis pas de retour, mon oncle Paolo se chargera de prendre vos dépositions.

Avez-vous des questions, avant de vous mettre en route ?

— Non, c'est parfaitement clair, répondit Maître Deforge.

— Bien, dans ce cas bonne chance, en espérant que vous trouviez une nouvelle piste à suivre.

Maintenant c'est au groupe de Simon, autrement dit l'inspecteur Renoir, composé des anciens membres du RAID : vous vous chargerez des cimetières. Vous interrogerez toutes les personnes qui travaillent sur place, vous leur présenterez les photos et leur demanderez s'ils reconnaissent quelqu'un. Mais vu le nombre de cimetières dans Paris, vous non plus vous n'irez pas seuls. Tous ceux qui n'auront pas d'hôpitaux ou de cliniques à contrôler iront avec vous.

Quant au dernier groupe, il sera composé de Guillaume et de moi-même. Nous nous chargerons de visiter les organismes funéraires, funérariums et crématoriums.

Bonne chance à vous tous mes amis, et espérons que l'un d'entre vous rentre avec de bonnes nouvelles.

Sur ces dernières paroles Catarina alla chercher les photocopies que Paolo avait faites des photos des victimes, ainsi que la liste contenant les adresses de tous les organismes funéraires, funérariums et crématoriums de Paris.

C'est toute une petite armée qui se mit en route, bien décidée à faire dans la journée tous les lieux qu'on leur avait assignés, mais en voyant le nombre d'heures qu'ils passaient à interroger, ils comprirent que jamais ils ne réussiraient à tous les faire en une journée.

Les kilomètres de marche qu'ils firent en quelques heures finirent par tous les épuiser. Les uns parce qu'ils n'étaient pas habitués à marcher autant, les autres parce qu'ils avaient déjà un certain nombre d'heures de travail ou de veille derrière eux.

Ils ne voulaient pas décevoir Catarina, mais ils n'arrivaient plus à avancer. Aussi ce fut à contrecœur qu'ils durent se résigner à arrêter leurs recherches, à dix-huit heures.

Anthony, qui comprenait parfaitement l'état d'esprit dans lequel se trouvait toute l'équipe, donna l'ordre de départ en appelant Paolo, afin qu'il dise à tout le monde de rentrer au QG pour le compte rendu. Et ce n'est qu'ensuite qu'il appela Catarina pour lui faire un topo de la situation.

— Tu as bien fait de les rappeler, Anthony. Je vais demander à mon oncle de leur préparer quelque chose à manger et nous reprendrons nos recherches demain matin.

— Je suis désolé Catarina, mais…

— Non, Anthony ! Parfois il faut être raisonnable, car si nous sommes tous épuisés dès le premier jour de recherches, comment tiendrons-nous la cadence ? Nous avons cinq jours devant nous, je suis sûre que d'ici là nous trouverons un indice qui nous mettra sur la piste du Fossoyeur.

Après avoir raccroché, elle demanda à Guillaume de retourner au QG.

— Guillaume nous continuerons nos recherches demain, pour l'instant nous allons faire un topo de tout ce que nous avons découvert. Je vais demander à Paul de chercher des informations sur toutes les personnes qui travaillent dans les différents cimetières que Simon et ses hommes ont visités.

— Tu crois vraiment que le Fossoyeur est l'un d'entre eux ?

— Croire est un très grand mot, mais à l'heure actuelle tout le monde est suspect. De toute façon nous verrons bien ce que Paul trouvera à leur sujet.

— D'accord, retournons donc au restaurant.

À l'entrée de la rue de Laborde, Guillaume et Catarina virent une multitude de voitures de police et d'ambulances.

Immédiatement le sang de Catarina ne fit qu'un tour dans ses veines, car elle crut qu'ils avaient retrouvé le corps sans vie de sa tante. Et sans même y penser, elle descendit de la voiture et se précipita vers l'ambulance, en criant le nom de Gina. Elle ne voyait plus rien autour d'elle, elle ne savait qu'hurler le nom de sa tante.

Dans sa course effrénée vers l'ambulance, elle ne vit pas Paul, qui l'empêcha d'avancer et la retint en criant :

— Ce n'est pas elle ! Ce n'est pas Gina ! Catarina tu m'entends ! Ce n'est pas Gina !

— Ce n'est pas elle ? C'est vrai Paul ?

— Oui Catarina, ce n'est pas elle. On vient de trouver la gardienne et ses deux fils dans une des caves, ils ont été ligotés et drogués. Ils sont déshydratés, mais en vie, et leur pronostic vital n'est pas engagé, mais nous en saurons plus lorsqu'ils se réveilleront. Si je te lâche à présent, est-ce que ça va aller ?

— Oui, répondit-elle. Ça va aller maintenant.

— Bien, dans ce cas va voir ton oncle au restaurant, et dès que j'aurai fini de parler avec les ambulanciers je t'y retrouverai.

— D'accord Paul, j'attendrai là-bas que tu viennes me voir.

Et c'est le corps tremblant qu'elle alla retrouver son oncle.

Chapitre 4
Une nouvelle piste à suivre

Lorsque Paolo vit entrer Catarina toute pâle et tremblante, il alla immédiatement vers elle, inquiet d'apprendre ce qu'elle avait découvert. Il craignait qu'elle ne lui annonce une mauvaise nouvelle.

— Tu as retrouvé Gina, c'est ça, et elle n'est plus… demanda-t-il la voix tremblante.

— Non oncle Paolo, je ne l'ai pas encore trouvée.

— Mais alors que t'arrive-t-il ? Tu es toute pâle et tremblante, comme si tu avais vu un fantôme.

— Ce n'est rien, ça va passer.

— Sûrement, mais dis-moi ce qui t'a mise dans cet état.

— Lorsque j'ai vu les ambulances et la police devant chez nous, j'ai cru qu'ils avaient trouvé le corps de tante Gina.

— Non, ce n'est pas tante Gina, mais la concierge et ses deux enfants. Heureusement pour eux, ils sont toujours en vie.

— Tu sais ce qui s'est passé ? Est-ce que quelqu'un a pensé à prévenir son mari ?

— Son mari ? Mais elle n'a pas de mari.

— Comment ça, elle n'a pas de mari ? Mais bien sûr que si, il travaille la nuit et ne rentre qu'au petit matin.

— Catarina, la concierge est veuve. Son mari est mort alors qu'elle était enceinte.

— Quoi ! Tu en es sûr ?

— Mais bien sûr que j'en suis sûr, nous sommes allés à son enterrement avec ta tante.

— Mais alors… ! Oh ! Bon sang, il faut que je voie Paul !

Et sans autre explication, elle bondit de sa chaise et s'en alla en courant retrouver Paul qui parlait toujours avec les ambulanciers.

— Paul ! Paul ! Je sais qui lui a fait ça !

En s'entendant appeler de la sorte, Paul se tourna vers la personne qui l'interpellait à grands cris dans la rue.

— Catarina ! Je t'ai dit de m'attendre au restaurant.

Sans prêter la moindre attention à son humeur, elle annonça sans prendre de gants qu'elle savait qui avait enlevé et enfermé la concierge et ses fils dans la cave.

— Comment ça tu sais qui a fait ça !

— Je l'ai vu Paul, comme je te vois, et je lui ai même parlé. Je suis persuadée que c'est lui qui a enlevé ma tante Gina.

— Tu es certaine de ce que tu avances ?

— Oui !

— Bien, dans ce cas nous allons au restaurant, et là tu me raconteras tout depuis le début.

Avant de partir il demanda à l'un de ses collègues d'aller se renseigner sur la destination qu'allaient prendre la concierge et ses deux fils.

Paul et Catarina retournèrent au restaurant de Gina, où les attendaient Paolo et Guillaume.

Une fois à l'intérieur Paul s'assit sur le rebord d'une table pour mieux écouter Catarina.

— Bon, raconte-moi toute l'histoire.

— Lorsque tante Gina a été enlevée, je me suis tout de suite rendue chez la concierge et là, un homme m'a ouvert. Il avait l'air tout endormi, comme quelqu'un qui sort du lit en sursaut. Il m'a dit travailler la nuit et ne rentrer qu'au petit matin après son travail.

— Et la concierge et ses enfants, tu les as vus à cet instant ?

— Non, ils étaient soi-disant en train de dormir.

— Est-ce que tu serais capable de nous faire un portrait-robot de cet homme ?

— Je crois que oui.

— Parfait, dans ce cas on retourne au commissariat.

— Je ne peux pas y aller tout de suite, car je dois attendre le retour de toute l'équipe de recherches.

— Quoi ! Mais ça peut prendre plusieurs heures ! Et d'ici là tu risques d'oublier à quoi il ressemble.

— Non, il n'y a pas de risque. En plus dans une heure tout au plus ils seront tous là. Et avec ce qu'ils me transmettront, je pourrai faire avancer les recherches. Si tu me donnes un coup de main bien sûr.

— Et à quoi penses-tu ?

— Simon et ses hommes doivent m'apporter le nom de toutes les personnes qui travaillent dans les cimetières.

— Tu restes persuadée que c'est l'un d'entre eux ?

— Oui, même si je n'ai aucune piste qui aille dans ce sens.

— Et donc si je comprends bien, tu voudrais que je vérifie qu'ils n'ont pas de casier judiciaire, de plainte ou de main courante à leur encontre.

— C'est l'idée.

— D'accord, je le ferai.

— Paul, est-ce que tu sais avec quoi la concierge et ses enfants ont été drogués ?

— Non, pas encore. J'attends pour cela les rapports d'analyse.

— Tu as déjà fouillé la loge, ou fait des relevés d'empreintes ?

— Non pas encore, mais c'est ce que j'avais l'intention de faire en sortant d'ici.

— Est-ce que je peux t'accompagner ? Car après tout, deux yeux valent mieux qu'un.

— Bon d'accord tu peux venir et regarder, mais tu ne touches à rien sans quoi…

— Promis, juré ! dit-elle en faisant le signe de croix sur son cœur. Je peux même cracher par terre si tu veux.

— Non, ce ne sera pas nécessaire.

— Ouf, tant mieux. Parce que je ne raffole pas vraiment du ramassage de crachats, dit-elle avec une grimace.

— Catarina, tu te sens d'attaque pour continuer les recherches à présent ?

— Oui Paul, ça va aller. Et comme personne n'est encore arrivé, que dirais-tu si on allait tout de suite à la loge chercher des indices ?

— Allons-y.

Catarina demanda à son oncle et à Guillaume de s'occuper de l'équipe de recherches pendant qu'elle irait avec Paul inspecter la loge de la concierge.

— Dès qu'ils seront tous ici, venez me chercher. Oncle Paolo, tu crois que tu pourrais leur préparer quelque chose de chaud à manger ? Car avec tout ce qu'ils auront marché, ils seront épuisés. Et je doute qu'ils aient encore le courage de se préparer quelque chose à manger en rentrant chez eux.

— Ne t'en fais pas pour ça, je leur ai déjà préparé à manger.

— C'est parfait. Merci oncle Paolo, à tout à l'heure dans ce cas.

Et c'est sur ces quelques mots que Paul et Catarina se rendirent à la loge. En chemin ils croisèrent la police scientifique qui remontait de la cave, et c'est alors que Paul leur demanda de faire un relevé d'empreintes dans la loge.

Paul enfila la paire de gants en vinyle qu'il avait dans la poche, avant d'aller s'assurer que la porte de la loge était fermée à clef. En tournant la poignée, il remarqua qu'elle n'était pas fermée à clef. Il sortit son arme de son étui et demanda à Catarina d'attendre dehors, tant qu'il n'aurait pas sécurisé les lieux.

L'arme en main il entra dans la loge afin de s'assurer qu'il n'y avait personne à l'intérieur. Et lorsque les deux pièces furent inspectées et que tout danger fut écarté, il rangea son arme et alla retrouver Catarina à l'extérieur.

— Tu peux entrer Catarina, il n'y a personne.

Paul et Catarina inspectèrent la pièce, et se rendirent compte qu'elle était assez encombrée en meubles. La loge disposait d'une pièce principale où se trouvaient un grand buffet, une grande table avec quatre chaises, et contre le mur de droite il y avait deux lits d'une place et une grande armoire. À côté du buffet se trouvait un immense poêle pour faire à manger et se chauffer. Dans l'autre pièce, contre le mur de droite, se trouvait un lit pour deux personnes, avec un rideau qui servait à séparer ce semblant de chambre de la petite kitchenette, qui se trouvait face au lit.

— À première vue, il n'y a pas eu de bagarre dans cette pièce. Ce qui veut dire qu'il est entré dans la loge alors qu'ils avaient tous été drogués, dit Catarina.

La serrure n'a pas été forcée, pourtant une femme qui vit seule avec deux enfants en bas âge n'aurait jamais oublié de verrouiller la porte et les fenêtres pour la nuit.

— À moins que le Fossoyeur ne soit venu leur rendre une petite visite qu'en fin de journée, répondit Paul.

— Oui, ça correspondrait plus au scénario qu'on voit ici. La fenêtre légèrement ouverte, les lits pas défaits, et les cahiers d'école ouverts sur la table. Il est venu les trouver après la sortie des classes, et avant qu'elle ne prépare le dîner. Et pendant qu'ils faisaient leurs devoirs ils prenaient quelques chocolats de cette grande boîte. Des chocolats Jeff de Bruges, sûrement un cadeau qu'on lui avait fait, car vu la taille c'est bien trop cher pour une simple concierge. Ils venaient de recevoir cette boîte, car elle est encore au trois quarts pleine. À moins que... dit Catarina en regardant Paul.

— Que ce ne soit le Fossoyeur qui la leur ait donnée, acheva Paul.

Immédiatement il souleva le couvercle de la boîte pour vérifier qu'il n'y avait pas un indice qui les mettrait sur cette voie. Quand tout à coup ils virent sur le ruban d'emballage un dessin en argent représentant le masque du Fossoyeur.

— C'est comme ça qu'il les a drogués ! Il a dû se faire passer pour un livreur de la chocolaterie Jeff de Bruges, et lui dire que c'était un cadeau des propriétaires de l'immeuble en remerciement de son très bon travail. Et comme elle était bien trop heureuse de recevoir des chocolats de marque, elle ne s'était même pas méfiée.

Ils continuèrent à chercher d'autres indices dans l'appartement, mais sans succès.

— Nous n'avons rien trouvé de plus, mais ce n'est pas grave car dorénavant nous avons une piste à suivre. La première depuis la disparition de tante Gina.

— Oui tu as raison Catarina.

Paul se tourna vers la police scientifique, pour leur demander de prendre la boîte de chocolats et de l'emmener au laboratoire. Tout en leur précisant que c'était sûrement avec ça que le Fossoyeur avait drogué la concierge et ses enfants.

— Peut-être qu'avec un peu de chance vous trouverez une de ses empreintes parmi toutes celles qui figurent sur la boîte.

Catarina, est-ce que tu te rappelles si l'homme qui t'a ouvert la porte portait des gants ?

— Je suis désolée mais je suis incapable de répondre à ta question, car je n'ai pas fait attention.

— Ce n'est pas grave de toute façon. Une fois que tu auras fait le portrait-robot du Fossoyeur nous le présenterons à tous les chocolatiers Jeff de Bruges. Et nous le mettrons dans l'ordinateur pour vérifier qu'il n'est pas déjà fiché.

Alors qu'ils discutaient de la nouvelle piste qu'ils venaient de trouver, un policier vint leur dire qu'un certain Guillaume voulait parler au détective Maty H.

— Dites-lui qu'elle arrive tout de suite, lui répondit Paul.

— Ça veut dire que tous nos amis sont arrivés, et que nous allons avoir une liste de suspects à te donner. Je vais aller les retrouver à présent, et lorsque tu auras fini viens nous rejoindre au restaurant.

— Oui, dans cinq minutes je serai là-bas.

Catarina sortie de la loge, et alla rejoindre Guillaume toute heureuse de ce qu'elle venait de découvrir.

— Guillaume ! Nous avons trouvé une piste ! Je te raconterai ça tout à l'heure. Si je comprends bien tout le monde est déjà là ?

— Oui, il ne manque plus que toi.

Et tandis qu'ils allaient retrouver leurs amis au restaurant, Simon recopiait les noms des employés des différents cimetières qui avaient été contrôlés dans la journée.

Tous étaient contents de revoir Catarina, mais déçus de ne pas avoir mené à bien la mission qu'elle leur avait confiée.

En les voyant tous si fatigués, et lisant le désespoir sur leur visage, Catarina prit l'initiative de leur parler :

— Merci pour votre aide mes amis, je sais combien vous devez être déçus de ne pas avoir réussi à visiter tous les hôpitaux, ou les cimetières que je vous ai donnés. Mais c'était impossible à faire en un jour, même moi je n'ai pas réussi à tout faire. Mais toutes les informations que vous m'avez apportées aujourd'hui vont me faire énormément avancer dans mes recherches. Je dois vous laisser à présent, on se reverra demain matin. Mais avant de partir mon oncle Paolo vous servira un repas chaud, qu'il a spécialement préparé à votre attention.

En voyant Paul rentrer par la porte arrière du restaurant, elle prit congé de ses amis et s'en alla avec lui au commissariat faire le portrait-robot du soi-disant mari de la concierge, qui se trouvait à la loge le jour de l'enlèvement de Gina.

Chapitre 5
Le portrait-robot du kidnappeur

Au commissariat, Paul demanda à son collègue Georges de faire un portrait-robot de l'homme que Catarina avait vu chez la concierge Martina Escudos.

— D'accord, répondit le jeune homme. Et se tournant vers Catarina il lui demanda de le suivre jusqu'à son ordinateur.

— Bien, on va commencer par son visage. Est-il rond, long, carré ?

— Je dirais qu'il est entre les deux, ni trop rond, ni trop allongé.

— Ses yeux sont-ils très rapprochés, ou plutôt éloignés ?

— Je dirais à la bonne place, avec des sourcils bien dessinés.

— A-t-il des grands yeux ou des petits yeux ?

— Ni trop grands, ni trop petits. Mais il a de très grands cils pour un homme, et ça je l'ai remarqué tout de suite.

— A-t-il des rides ?

— Je n'ai remarqué que des pattes d'oie au niveau des yeux. Et il a les yeux noirs.

— Comment étaient ses pommettes ?

— À peine saillantes.

— Son nez est-il long, court, déformé comme les boxeurs, aplati ?

— Son nez est de taille moyenne, il n'est pas aplati, il est légèrement évasé en bas. Et il avait une marque blanche sous le nez comme s'il avait porté la moustache il y a encore peu de temps.

— Ses joues sont-elles creuses, gonflées avec des fossettes ?

— Elles sont légèrement bombées.

— Son menton est-il long, carré, petit ou n'en a-t-il pas ?

— Il a un menton normal, mais avec une grosse fossette au milieu.

— Sa bouche est-elle grande ou petite ?

— Moyenne avec des lèvres plutôt fines. Et ses dents sont parfaitement alignées.

— Ses oreilles sont-elles longues ou courtes, avec un grand ou un petit lobe, décollées à la forme Gainsbourg, ou plus vers l'arrière ?

— Ses oreilles sont normales et plutôt près de sa tête.

— Ses cheveux sont-ils lisses, bouclés, crépus, ou n'en a-t-il pas ?

— Il a des cheveux ondulés, coiffés en arrière, mais avec une mèche qui retombe sur ses yeux.

— De quelle couleur sont ses cheveux ?

— Ils sont noirs avec des reflets brillants comme s'il avait mis de la gomina.

— Et quelle était sa couleur de peau ?

— C'était un homme blanc, avec une peau lisse, sans boutons ni cicatrices, et rasé de près.

— Bien, je crois que j'ai tout ce qu'il me faut à présent pour finir le portrait-robot de votre suspect. Et voilà, c'est terminé. Alors, qu'en pensez-vous, c'est assez ressemblant ?

— C'est lui ! C'est l'homme que j'ai vu !

— Bien, dans ce cas je vais le donner à Paul pour qu'il fasse des recherches dans notre registre de suspects.

— Pourrais-je en avoir une copie, s'il vous plaît ?

— Bien sûr.

— Et dans combien de temps aura-t-il une réponse ?

— Pas avant plusieurs heures. Le registre est constitué de toutes les personnes qui ont un casier judiciaire dans toute la France.

— Je vois, dans ce cas je vais plutôt aller me reposer.

— Je crois que ce serait le plus raisonnable. Mais voilà Paul, il vous dira lui-même ce qu'il est préférable de faire.

— Alors Georges, as-tu fini de faire le portrait-robot de l'homme que Catarina a vu ?

— Oui, le voici.

— Bien je vais regarder dans notre banque de données et j'élargirai les recherches jusqu'à nos pays frontaliers, peut-être qu'il est fiché. Pendant ce temps, va te reposer, car tu as une longue journée qui t'attend demain.

— Je vais suivre ton conseil, mais avant j'ai besoin de savoir ce que tu as découvert.

— Rien de bien concluant à vrai dire. Personne n'a rien vu, ni rien entendu, mais j'espère en apprendre davantage lorsque la concierge et ses enfants seront à nouveau lucides. Mais d'ici là, je vais chercher des informations sur la liste de suspects que tu m'as donnée.

— Paul, ça fait deux jours que tu es debout sans prendre de repos, tu ne tiendras pas longtemps à cette cadence, tu devrais aller dormir quelques heures.

— C'est très exactement ce que je ferai dès que j'aurai vérifié cette liste.

— Merci Paul, dit-elle en posant sa main sur son avant-bras.

— Allez, rentre à présent. Je t'appelle demain matin pour te dire comment avancent les recherches. Et n'aie crainte, je ne te cacherai rien, dit-il pour la rassurer.

Sur ce il demanda à ce qu'un véhicule de patrouille la ramène chez elle.

Une fois au pied de son immeuble, elle remercia le policier qui l'avait déposée et alla retrouver Guillaume, Anthony et son oncle dans le restaurant.

— Tout le monde est parti ?

— Oui, il ne reste plus que nous, j'ai ici la liste de tous les endroits qui ont été contrôlés par notre équipe, et demain à la première heure, elle continuera ses recherches, dit Anthony.

— Oui, demain on continuera, dit Catarina, mais cette fois on aura un nouveau visage à leur présenter, je vais le leur faire parvenir par téléphone.

— C'est une autre victime ? lui demanda Anthony.

— Non, c'est un suspect qui pourrait très bien être le Fossoyeur.

— Tu veux dire que tu t'es trouvé face à lui !

— Oui, seulement à ce moment-là, j'ignorais que c'était lui. En fait notre face-à-face a eu lieu lorsque j'ai découvert que ma tante avait disparu. Il s'est fait passer pour le mari de la concierge. En me faisant croire que sa femme et ses enfants étaient en train de dormir.

— Et comment sais-tu que ce n'est pas vrai ?

— Parce que mon oncle m'a dit que la concierge n'avait personne dans sa vie depuis la mort de son mari. Et parce qu'on a découvert la concierge et ses deux garçons inconscients et ligotés dans une des caves de l'immeuble. Je vais scanner ce portrait-robot et l'envoyer à nos amis afin qu'ils le présentent demain aux personnes qu'ils interrogeront. Ainsi que des photocopies pour ceux qui n'auront pas de téléphone.

— Je m'en charge ! dit Guillaume. Pendant ce temps, profites-en pour manger quelque chose.

— Je n'ai pas le temps Guillaume, j'ai encore pas mal de recherches à faire.

— Pendant que tu mangeras je me chargerai des recherches, dit Anthony.

— Anthony, tu devrais rentrer te reposer, tu es debout depuis bien plus longtemps que nous.

— Que veux-tu que je cherche ?

— Oh ! Tu es une vraie tête de mule, dit-elle.

— C'est ce qui fait mon charme, répondit-il avec un sourire. Alors plus sérieusement que cherches-tu ?

— Toutes les boutiques ou chocolatiers Jeff de Bruges.

— Et je peux savoir dans quel but ?

— Le Fossoyeur a drogué les chocolats qu'il a donnés à la concierge et à ses garçons. Et je me dis qu'avec un peu de chance ils auront peut-être des caméras de surveillance dans le magasin, ou à l'extérieur, qui auront filmé notre suspect. Et vu le prix de ces chocolats peut-être a-t-il payé par carte bleue ?

— Ça m'étonnerait qu'il ait baissé sa garde à ce point, mais on ne sait jamais. Quoi qu'il en soit je commence les recherches pendant que tu manges quelque chose.

Catarina n'avait pas trop d'appétit, et pour ne pas décevoir son oncle elle se força à manger un peu de salade et un dessert avant de retrouver Anthony.

— Alors tu as trouvé quelque chose ?

— Oui, mais je n'ai fait des recherches que sur Paris. Voici la liste de tous les chocolatiers et magasins Jeff de Bruges.

— Tu peux m'imprimer cette liste en plusieurs exemplaires ?

— Oui, les voici.

— Merci, dit-elle en l'embrassant. Rentre chez toi, et va te reposer quelques heures car la journée sera longue.

Après un dernier baiser, il prit congé de Paolo et de Guillaume, tout en les prévenant que dans quelques heures le capitaine des pompiers viendrait leur prêter main forte.

— Toute aide est bonne à prendre.

— À demain Catarina.

Après son départ Guillaume leur proposa de rester avec eux pour la nuit, prétextant ne pas vouloir perdre de temps dans leurs recherches. Mais Catarina savait très bien que la raison était toute autre. Il aimait profondément Catarina et sa famille, et ça depuis le jour où la jeune femme lui avait sauvé la vie dans la rue. Gina et son mari lui avaient redonné goût à la vie, et ils étaient tous devenus sa nouvelle famille. Et le fait de savoir Gina en grand danger le rongeait de l'intérieur. Mais il savait aussi que Catarina et Paolo avaient besoin de savoir qu'ils n'étaient pas seuls dans ces durs moments, aussi préférait-il à sa manière veiller sur eux.

Après avoir fermé le restaurant, ils montèrent tous les trois à l'appartement de Gina pour prendre quelques heures de repos.

Même si Catarina était très fatiguée, elle n'arrivait pas à se reposer réellement dans son lit, car elle se repassait en boucle la conversation qu'elle avait eue avec le soi-disant mari de la concierge. Et diverses questions lui taraudaient l'esprit, si bien qu'elle finit par réfléchir à voix haute:

— Par où sont partis le Fossoyeur et ma tante ? S'il l'avait enlevée, elle se serait débattue, et s'il l'avait endormie, elle serait devenue un poids mort pour lui. Et ça n'importe qui l'aurait remarqué dans la rue et signalé aussitôt à la police. À la cave ils n'ont retrouvé que la concierge et ses deux garçons, drogués et ligotés. Et il n'existe aucune sortie qui lui permette de partir par la cour, et il n'y a aucun autre moyen de rejoindre la rue qu'en utilisant l'entrée de l'immeuble. Mais alors comment a-t-il fait pour sortir sans être vu ? À moins qu'il soit toujours dans l'immeuble ! Paul m'a dit que ses hommes avaient interrogé tous les habitants de l'immeuble, mais peut-être qu'ils n'étaient pas tous là, ou qu'ils ne pouvaient pas ouvrir parce qu'ils en étaient empêchés par le Fossoyeur.

Les questions et les réponses que Catarina se faisait à tour de rôle lui taraudaient tellement l'esprit qu'elle n'arrivait pas à dormir, aussi décida-t-elle qu'il serait plus judicieux de se lever. Silencieusement, elle sortit du lit, mit sa robe de chambre, ses baskets, et prit son portable pour aller s'assurer que la réalité ne dépassait pas la fiction. Elle ouvrit doucement la porte de l'appartement, et après avoir refermé, descendit jusqu'au rez-de-chaussée, traversa le hall d'entrée et se rendit de l'autre côté de l'immeuble. Elle monta à pied tous les étages les uns après les autres. Elle colla son oreille à chaque porte d'appartement, afin de s'assurer qu'il n'y avait aucun bruit suspect qui démontrerait la présence de sa tante. En arrivant au cinquième étage, elle sursauta et poussa un cri en voyant Guillaume devant elle.

— Crénom d'une pipe ! Tu as failli me faire mourir de peur. Mais qu'est-ce que tu fais ici, tu n'étais pas supposé dormir dans le salon ?

— Si tout comme toi tu étais sensée dormir dans ton lit. Je peux savoir ce que tu fabriques ici en pleine nuit, à coller ton oreille à toutes les portes ?

— Je vérifie une théorie.

— Mais encore ?

— Le Fossoyeur a enlevé ma tante, seulement personne ne l'a vu dans la rue avec elle. Donc j'en déduis qu'ils doivent toujours être ici, probablement cachés dans un des appartements.

— Tu ne trouves pas que ta théorie est quelque peu saugrenue ?

— Pas plus que celle de trouver la concierge et ses deux garçons drogués et ligotés dans une des caves de l'immeuble.

— Bon admettons que tu aies raison, pourquoi serait-il de ce côté de l'immeuble plutôt que de l'autre ?

— À cause de l'ascenseur pardi ! C'est beaucoup plus facile de transporter un corps en ascenseur que de monter des marches.

— Ce n'est pas faux. Et as-tu entendu le moindre bruit suspect qui pourrait nous faire croire qu'elle serait retenue prisonnière dans l'un de ces appartements ?

— Non, pas encore, mais il me reste encore un étage à faire.

— Et si tu ne trouves rien ?

— Je ferai l'autre aile de l'immeuble et si je ne trouve toujours rien, je retournerai me coucher. Ça te va ?

— Oui, mais pour m'assurer de ta bonne foi, je resterai avec toi durant tes recherches.

— Fais comme bon te plaira, mais après ne viens pas te plaindre que tu es fatigué.

— Je te dirai la même chose, tête de mule.

Elle lui tira la langue et continua ses recherches en collant son oreille aux portes des appartements du cinquième étage ; n'entendant rien à ce niveau, elle monta au sixième étage et fit de même, sans plus de succès. Et alors qu'elle s'apprêtait à descendre avec Guillaume, elle entendit un son étouffé qui disait :

— Hum, hum…

— Attends ! Tu n'entends rien ?

— Non, pourquoi ?

— Écoute de plus près.

Elle colla son oreille à la porte du dernier appartement au fond du couloir à droite, et entendit à nouveau le même son étouffé. Tout à coup elle se mit à frapper sur la porte de toutes ses forces et à crier le nom de sa tante.

— Tante Gina, tu es là ?

— Ne fais pas tant de bruit, ou tu vas réveiller tout le monde !

— Je m'en fous royalement, tante Gina est retenue prisonnière dans cet appartement, et j'ai bien l'intention de la faire sortir de là !

— Catarina, c'est une porte blindée, comment veux-tu y arriver, c'est impossible !

— Pour moi peut-être, mais pas pour des pompiers.

— Tu ne vas pas faire venir les pompiers pour défoncer cette porte !

— Tu as une meilleure idée ?

— Vas-y fais comme tu voudras, mais préviens Paul avant, juste pour qu'il soit là dans le cas où le Fossoyeur serait armé.

— Oui, ce n'est pas une mauvaise idée.

Catarina sortit son portable de la poche de sa robe de chambre et appela Paul pour lui faire part des derniers événements. Ensuite elle appela la caserne de pompiers où Anthony travaillait en temps normal. Elle expliqua au capitaine des pompiers ce qu'elle venait de découvrir, et lui demanda son aide pour ouvrir une porte blindée. Elle lui dit que la police était persuadée que le Fossoyeur et sa victime étaient dans cet appartement et qu'ils avaient besoin de leur aide.

Devant cette situation, le capitaine des pompiers détacha une de ses équipes, afin qu'elle aille aider la police à ouvrir la porte, et à porter secours à la victime.

— Merci pour votre aide Capitaine. Nous nous verrons tout à l'heure !

— Tu ne crois pas que tu y es allée un peu fort, en disant que la police avait besoin de leur aide pour ouvrir cette porte ?

— Non, pourquoi ? Paul sera bien incapable de l'ouvrir, et une fois les pompiers sur place, il leur demandera de le faire. En fait je n'ai fait qu'anticiper leur intention.

Moins d'un quart d'heure plus tard, Paul était avec eux au sixième étage et vérifiait à son tour ce que Catarina lui avait dit par téléphone.

— Je crois bien que tu as raison, il y a bien quelqu'un retenu contre son gré derrière cette porte. Seulement je ne vois pas comment je pourrais ouvrir une porte blindée. Je vais demander à un serrurier de venir nous l'ouvrir.

— Ce ne sera pas utile, les pompiers ne vont pas tarder à arriver. Je leur ai dit ce qui se passait, et ils vont venir nous aider.

— Et... dit Guillaume, pour l'inciter à raconter toute la vérité à Paul.

— Je leur ai dit que tu avais besoin de leur aide pour ouvrir cette porte. Ce qui n'est pas faux puisque tu avais l'intention d'appeler un serrurier pour le faire et en plus ma tante aura sûrement besoin d'aide médicale, et qui mieux qu'eux pour le faire ? dit-elle le regard suppliant, avant de se tourner vers Guillaume en lui faisant de gros yeux, tout en lui disant :

— Sale traître !

— Oui, moi aussi je t'aime, mais je suis sûr que tu te sens mieux à présent.

— Ça va, ça va, je prendrai sur moi de leur faire ouvrir cette porte blindée. Mais ne me fais plus jamais ça, ou je te retire de cette affaire ! C'est bien compris ?

— Parfaitement.

Et juste au moment où il lui disait cela, ils virent les pompiers arriver.

— Il paraît que vous avez besoin d'un ouvre-boîte ?

— Bonjour les amis, dit Catarina. Merci d'être venus, vous allez réussir à ouvrir cette porte blindée ?

— Avec ce vérin pneumatique, sans problème.

Ils positionnèrent le vérin sur la porte, et mirent le moteur en marche ; avec la forte pression qui s'exerçait de chaque côté, tous les points de sécurité sautèrent et la porte s'ouvrit.

Paul attendit qu'ils retirent le vérin pneumatique pour entrer dans l'appartement l'arme à la main, tout en leur ordonnant de rester dehors tant qu'il n'aurait pas sécurisé les lieux. Une fois à l'intérieur, il vérifia chaque pièce et chaque placard dans leurs moindres recoins. Et lorsqu'il fut certain que tout danger était écarté, il fit entrer Catarina et les pompiers.

— Il y a un homme à terre dans la chambre, il est bâillonné et ficelé, mais il est toujours en vie, et je ne lui ai vu aucune blessure apparente. D'après ce que j'ai vu, le Fossoyeur s'est enfui par les toits. Je vous laisse à présent, car je dois m'assurer qu'il n'y a pas une autre victime de l'autre côté du toit.

— Je viens avec toi, dit Catarina.

— C'est hors de question ! lui cria-t-il. C'est trop dangereux !

— Raison de plus pour que j'y aille ! Imagine que tu glisses, je serai là pour te rattraper, en plus je suis en baskets, l'idéal pour aller sur les toits.

— Tu es en robe de chambre.

— Qu'à cela ne tienne, je peux l'enlever sur-le-champ, si c'est ça qui te pose problème. Car je te rassure j'ai un long tee-shirt en dessous.

— Monsieur, juste pour information, notre ami Anthony qui est pompier et son fiancé de surcroît, se fait des cheveux blancs chaque fois qu'elle est sur une nouvelle enquête. Car il n'arrive pas à la dissuader de prendre des risques. Alors vous savez, vous aurez beau vous égosiller, la menacer ou lui faire les gros yeux, elle n'en fera quand même qu'à sa tête. Aussi le plus prudent serait encore de l'avoir près de vous, comme ça vous pourrez tous les deux couvrir vos arrières.

— Oh ! Ça va j'abandonne ! répondit-il en levant les yeux au ciel.

— Merci les gars.

Et sans perdre de temps Paul grimpa à l'escabeau que le Fossoyeur avait posé sous le vasistas pour grimper sur les toits avec son otage. Il passa le vasistas l'arme à la main, et en voyant que le champ était libre, il se tourna et tendit la main à Catarina pour l'aider à grimper sur le toit.

— Tu es sûre de vouloir continuer ?

— Tout autant que toi.

— Dans ce cas on avance.

— Tu crois qu'il a pris par-là ?

— Oui, car c'est le seul endroit où il pouvait transporter un corps sans être vu.

— Parce que tu crois que lorsqu'il est arrivé jusqu'ici ma tante était inconsciente ?

— Oui, sinon pourquoi avoir utilisé un escabeau ?

— Ton raisonnement n'est pas faux. Mais dans ce cas, ça veut dire qu'à l'autre bout du chemin il y aura un autre vasistas de cassé, et un autre escabeau ?

— Oui, et une autre victime, qui avec un peu de chance sera bâillonnée et ligotée.

— Donc il ne nous reste plus qu'à chercher un vasistas cassé. Comme celui-là par exemple ?

— C'est tout à fait ça ! Reste bien derrière moi, et ne descends que lorsque je te le dirai.

Avec beaucoup de précautions Paul passa la tête dans le vasistas, pour s'assurer que personne ne l'attendait pour lui tirer dessus. En voyant que le champ était libre, il descendit avec précautions dans l'appartement, à l'aide de l'échelle que le Fossoyeur avait mise lorsqu'il avait planifié l'enlèvement de Gina.

Il vérifia toutes les pièces et trouva dans la chambre une jeune femme ligotée et bâillonnée mais toujours en vie. Aussi après avoir vérifié tous les recoins de la pièce, il revint vers la jeune femme pour la libérer. Et pendant qu'il coupait la corde loin du nœud d'attache, il cria à Catarina que l'appartement était sécurisé, et qu'il avait besoin de son aide dans la chambre.

— Tu as trouvé une autre victime ?

— Oui, il l'a ligotée et bâillonnée après l'avoir neutralisée au teaser. Appelle les pompiers et dis-leur qu'on a besoin d'eux, au sixième étage du 6 rue de Laborde.

— D'accord, je les appelle. Voilà c'est fait, ils seront là dans cinq minutes. Alors, c'est par ici qu'il est parti avec tante Gina ?

— Ça m'en a tout l'air. Tu connais cet immeuble ?

— Non, je ne suis jamais entrée dans ce hall d'immeuble.

— Tu veux bien aller t'assurer qu'il ne faut pas un code d'entrée pour ouvrir le grand portail ?

— Bien sûr ! Pendant que tu restes avec elle, je me charge de les conduire jusqu'ici.

Et tandis qu'elle descendait en ascenseur jusqu'au rez-de-chaussée, elle appela le capitaine des pompiers pour lui signaler qu'il y avait une autre victime au sixième étage du 6 rue de Laborde.

— Elle est en vie, et Paul est auprès d'elle. En rentrant dans l'appartement, il l'a trouvée ligotée et bâillonnée.

— Je t'envoie un autre véhicule, attends-les devant l'entrée pour le cas où il y aurait un code.

— Ne vous en faites pas pour ça, je suis déjà sur place.

Catarina profita du temps qu'elle avait devant elle pour inspecter minutieusement le hall d'entrée et sa cour, et c'est alors qu'elle sentit quelqu'un dans son dos.

— Je peux savoir ce que vous faites ici ?

— Oh, bonjour, dit-elle, d'une manière la plus décontractée possible vu la situation.

En fait j'attends les pompiers, et d'ici qu'ils arrivent j'en profite pour admirer toutes les fleurs qui ornent votre cour.

L'homme plissa les yeux, assez mécontent.

— Il y a encore quelqu'un de malade ?

— Comment ça encore ?

— Hier soir une ambulance a dû venir chercher une femme qui avait été intoxiquée par du monoxyde de je ne sais pas quoi et tout ça parce qu'elle n'avait pas fait ramoner sa cheminée.

— Vous dites qu'une ambulance est venue la chercher ? C'est bien ça ? Et vous sauriez d'où elle venait ?

— De là où viennent toutes les ambulances pardi. Et même qu'il n'était pas content le chauffeur.

— Et pourquoi ?

— Parce qu'il était tout seul pour aller chercher la malade pardi ! Et franchement elle n'avait pas l'air bien. Elle avait les yeux fermés, comme si elle dormait.

— Et vous l'avez reconnue ?

— Bien sûr, c'était Gina, la patronne du restaurant. Elle était venue manger chez une locataire de l'immeuble et elle est tombée malade.

— Et vous savez où l'ambulancier l'a conduite ?

— Bien sûr, à l'hôpital. Bon eh bien moi, je retourne me coucher, quand vous partirez fermez bien le grand portail.

— Pas de problème ce sera fait.

— Si vous voulez un conseil, ce n'est pas bien de vous promener comme ça dehors à cette heure-ci, on ne sait jamais sur qui on peut tomber.

— Vous avez tout à fait raison. Dès que les pompiers seront là, j'irai me changer.

— Je dis ça, mais je ne dis rien ! dit-il en bougonnant.

À peine le concierge avait-il regagné sa loge que le véhicule de pompiers s'arrêtait devant l'immeuble. Deux pompiers descendirent du véhicule pour aller retrouver Catarina qui les attendait devant le grand portail.

— Il paraît que tu as besoin de nous Catarina ?

— Oui, on vient de trouver une autre victime au sixième étage de cet immeuble.

— Et comment va-t-elle ?

— Elle est en vie, elle n'a pas l'air d'être blessée, elle a été bâillonnée et attachée comme les autres victimes du 4 rue de Laborde. Mais Paul est auprès d'elle.

— Je suppose qu'elle doit être déshydratée.

— Je suppose.

— Il ne fait pas bon vivre dans le quartier.

— Il y avait une chance sur un million pour qu'une telle chose arrive par ici, dit Catarina.

— Et tu as touché le gros lot. Mais plus sérieusement tu as des nouvelles de ta tante ?

— Pas encore, mais on progresse, on a à présent un portrait-robot du Fossoyeur. Je vous donnerai plusieurs copies afin que vous les présentiez à chaque hôpital où vous vous rendrez.

— Nous le ferons, et dès que nous aurons terminé notre service nous viendrons t'aider dans tes recherches. Mais malheureusement ça ne pourra se faire que dans 48 heures.

— Toute l'aide que vous pourrez m'apporter sera la bienvenue.

Ils prirent l'ascenseur et se rendirent au sixième étage, où Paul les attendait avec grande impatience.

— Je n'ai jamais été aussi heureux de vous voir. Et maintenant que vous êtes là je vous la confie.

Et tandis qu'ils prenaient la jeune femme en charge, Paul demanda à Catarina de rentrer chez elle et de dormir un peu, car elle avait l'air épuisée.

— Je te retourne le compliment Paul, car tu n'as pas l'air beaucoup plus frais que moi. As-tu seulement réussi à te reposer un peu depuis mon départ ?

— En fait, j'allais le faire lorsque tu m'as appelé. Mais avec ce que tu viens de découvrir ce n'est pas près d'arriver.

— Tu peux très bien donner des consignes à ton équipe pendant que tu te reposes quelques heures. Comme ça l'enquête continue et toi tu auras dormi.

— Je te propose un marché Catarina, si tu suis mes conseils, alors je ferai de même de mon côté.

— Marché conclu, dit-elle en lui serrant la main.

Paul appela la police scientifique et plusieurs de ses collègues, et les pompiers quittèrent l'appartement de la victime.

À leur arrivée, Paul demanda à ses collègues de prendre les dépositions de toutes les personnes vivant dans l'immeuble, ainsi que celles des deux nouvelles victimes du Fossoyeur, qui avaient été conduites à l'hôpital.

Une fois toutes les consignes passées il s'en alla prendre quelques heures de repos. Tandis que Guillaume et Catarina faisaient de même de leur côté.

Lorsque la police scientifique eut fini ses relevés d'empreintes dans l'appartement du 6, rue de Laborde, elle se rendit à celui du 4 rue Laborde. Et dès qu'elle eut fini ses prélèvements, un des policiers présents mit sous scellés l'appartement de la victime.

Chapitre 6
Une mobilisation impressionnante

Après quelques heures de sommeil et une nuit assez mouvementée en rebondissements, Catarina et Guillaume se préparèrent pour une nouvelle journée de recherches.

— Avec le portrait-robot du Fossoyeur que j'ai envoyé à tous nos amis, je suis persuadée que nous trouverons quelque chose aujourd'hui. Tu ne crois pas Guillaume ?

— Si, car à présent nous savons à quoi il ressemble.

Convaincus par leurs propos Catarina et Guillaume se rendirent au restaurant pour prendre leur petit déjeuner.

— Oncle Paolo, pourquoi tu ne nous as pas réveillés avant de descendre ?

— Parce que vous aviez besoin de repos, et que ça ne servait à rien que je vous réveille aux aurores, alors qu'à cette heure-là tous les cimetières, crématoriums et autres établissements sont fermés.

— Peut-être, mais le capitaine des pompiers doit venir nous aider dans nos recherches, et je ne veux pas qu'il attende inutilement notre arrivée !

— Catarina tout va bien, il est bien arrivé, mais j'ai juste eu le temps de lui faire un topo de la situation afin qu'il puisse commencer les recherches. Je lui ai aussi donné une copie du portrait-robot.

J'ai même appris ce matin en ouvrant le restaurant que grâce à toi, ils ont retrouvé deux autres victimes du Fossoyeur, en vie. Et de quelle manière il a enlevé ta tante, sans que quiconque le voie. Et tout ça alors que tu étais supposée te reposer, dit-il en soulevant les sourcils.

— En fait, j'ai eu une idée durant la nuit, et je voulais juste m'assurer que j'avais tort.

— Et ce n'était pas le cas ?

— Eh non. Et tant mieux après tout, comme ça on a découvert comment il a fait pour disparaître à la vue et au su de tous. Tu sais ou est allé le capitaine des pompiers ?

— Il est allé chercher quelques affaires personnelles dans son véhicule. Ah, tiens ! Le voilà justement qui entre.

Le capitaine entra dans le restaurant par la porte de devant.

— Bonjour Catarina, bonjour Guillaume.

— Bonjour Capitaine, répondirent Catarina et Guillaume en chœur.

Merci d'être venu nous aider.

— Vous n'avez pas à me remercier Catarina, c'est tout à fait normal. Après tout vous faites partie de la famille. De plus je crois qu'il est plus que temps que l'on se tutoie, tu ne crois pas ?

— D'accord !

— Alors dis-moi, en quoi puis-je t'aider ?

— On a découvert que la concierge et ses enfants ont été drogués avec des chocolats Jeff de Bruges, et on voudrait découvrir dans quelle chocolaterie le Fossoyeur les a achetés.

Peut-être qu'avec un peu de chance il y aura des caméras de surveillance dans l'établissement ou dans la rue, et peut-être qu'ainsi on découvrira dans quel véhicule il se déplace.

— J'ai ici même une liste de tous les chocolatiers et magasins qui vendent ces fameux chocolats.

— D'accord, je me charge d'aller les voir tous.

— Surtout n'oublie pas de leur montrer le portrait-robot, et lorsque tu trouveras le bon magasin, demande-leur s'ils ont des caméras de surveillance. Et si c'est le cas dis-leur que tu voudrais une copie et s'ils refusent de te la donner, appelle Paul au commissariat du 8ème arrondissement, il fera le nécessaire pour l'obtenir. Mon oncle Paolo prendra ton numéro de portable, afin de pouvoir te joindre au cas où on aurait des informations à te transmettre. Tu as des questions ?

— Non, aucune.

— Bien, dans ce cas nous nous retrouverons ici même ce soir, pour faire notre rapport de la journée.

Catarina confia le capitaine à son oncle Paolo, afin qu'il lui transmette comme aux autres membres de l'équipe l'adresse des différents magasins qui vendaient les chocolats Jeff de Bruges, un bloc-notes, un stylo, et le portrait-robot du Fossoyeur et de ses quinze victimes.

Une fois tous les documents en main, Paolo prit congé du capitaine des pompiers en lui souhaitant bonne chance dans ses recherches.

Et pendant ce temps Catarina et Guillaume prirent leur petit déjeuner avant de continuer leurs recherches.

Chaque groupe s'affairait à mener à bien ce que l'on lui avait demandé, mais malheureusement plus l'heure avançait dans les interrogatoires, moins il y avait de nouvelles pour Catarina. Aucun établissement de sa liste n'avait vu le Fossoyeur ou ses victimes.

Catarina et Guillaume arrivèrent aux services funéraires de la ville de Paris, dénommés le Repos Éternel, dans le 20ème arrondissement.

Ils entrèrent dans l'établissement afin de s'entretenir avec les employés, mais ne trouvèrent personne à l'accueil. Catarina ouvrit la porte d'une chambre funéraire, afin de s'assurer que la personne qu'ils cherchaient n'était pas à l'intérieur. Et là elle tomba sur le corps d'une femme d'environ cinquante ans, qui avait dû être très belle dans sa prime jeunesse, et qui malgré les aléas de la vie l'était restée. Sa famille l'avait parée pour son dernier voyage d'une robe de bal bleu turquoise et d'escarpins assortis.

— Elle est belle n'est-ce pas ? dit une jeune voix entrecoupée de sanglots.

Catarina sursauta, surprise d'entendre quelqu'un lui parler alors qu'elle se croyait seule.

— Oh ! Excusez-moi, je ne vous avais pas vue. En fait je pensais être seule, mais en voyant votre mère j'étais subjuguée par sa beauté. Car c'est bien votre mère, n'est-ce pas ?

— Oui, madame.

— Je vois qu'elle aimait danser.

— Oui, elle disait toujours « que la vie est une musique, et qu'on se doit de lui faire honneur, en dansant sur les mélodies qu'elle nous donne chaque jour, du lever au coucher du soleil. »

— C'est une très belle philosophie de vie qu'elle avait là.

— Vous ne la connaissez pas, n'est-ce pas ?

— Non, et je le regrette, car je suis certaine que nous nous serions très bien entendues toute les deux.

— J'en suis sûre.

— Je vous laisse vous recueillir à présent. Et de mon côté je vais essayer de trouver le directeur de cet établissement.

— Je vous en prie.

En sortant de la pièce, elle se trouva face au directeur.

— Bonjour monsieur, je me présente : Maty H détective privée. Pourrais-je m'entretenir avec vous quelques instants ?

— Vous êtes la fameuse Maty H ! Celle qui a sauvé l'enfant en grimpant le long des pieds de la tour Eiffel ?

— Oui, c'est bien moi.

— Oh ! Mais c'est un honneur pour moi que de vous recevoir dans mon humble établissement. Comme vous avez pu le constater, nous nous occupons très bien du dernier voyage de nos défunts. Ils sont exposés dans une pièce à la lumière tamisée et au doux parfum de rose, avec une douce musique d'ambiance pour apaiser la famille en deuil.

— Oui, c'est ce que j'ai remarqué, et c'est effectivement très apaisant. Mais ma visite auprès de vous est toute autre. En fait j'ai quelques photos à vous montrer, et j'aimerais savoir si vous avez déjà vu l'une de ces personnes durant ces sept dernières années.

— Montrez-les moi, mais je vous préviens je ne peux pas vous assurer que mon opinion sera fiable, car voyez-vous je vois des centaines de personnes par jour. À moins qu'elles n'aient quelque chose de particulier qui les distingue des autres personnes, il y a peu de chance que je les reconnaisse.

Catarina lui montra la photo des quinze victimes, tout en lui disant de prendre le temps de les regarder.

— Non je regrette, elles ne me disent rien.

Sept ans c'est beaucoup trop loin, par contre si vous avez le temps, vous pourrez vérifier par vous-même si elles ne font pas partie des clients que j'ai enterrés.

— Comment ça ?

— Nous avons des dossiers pour chacun de nos clients avec une photo d'eux, pour être sûrs de n'avoir aucune réclamation à leur sujet plus tard.

— Voilà qui est très judicieux de votre part.

— Je vous montre les archives, vous n'aurez qu'à les consulter, mais surtout ne mettez pas la pagaille dans mes dossiers.

— Vous n'avez rien à craindre à ce sujet. Je vous promets que vous ne saurez même pas que nous sommes passés.

Une dernière question, avez-vous déjà vu cet homme ?

Catarina sortit de sa chemise la photo du Fossoyeur, et la lui tendit.

— Non, je regrette, ce visage ne me dit rien.

— Ce n'est pas grave. Et encore merci de nous permettre de jeter un coup d'œil à vos archives.

— C'est le moins que je puisse faire pour l'illustre Maty H détective privée. Mais si ce n'est pas trop indiscret de ma part, pourrais-je savoir pourquoi vous recherchez toutes ces personnes ?

— Pour une histoire de vol de bijoux, mais je suis désolée, je ne peux pas vous en dire davantage. Car je suis tenue par le secret professionnel.

— Oh ! Mais je comprends.

Le directeur de l'établissement conduisit Catarina et Guillaume dans une petite pièce sans fenêtre qui se trouvait à l'arrière de l'établissement. Il ouvrit la porte fermée à clef, et appuya sur l'interrupteur pour éclairer toute la pièce.

— Waouh ! Je ne pensais pas que vous aviez autant de clients dans votre établissement.

— Eh si, on n'y pense pas, mais plus il y a d'habitants et plus nous avons de clients.

— Oui effectivement, c'est ce que je constate en voyant toutes ces archives.

— Bon, je vous laisse à présent, car je dois conduire la dépouille de Madame Normand à sa dernière demeure.

— Madame Normand ?

— La dame en robe de bal.

— Ah oui, je vois de qui vous parlez. Elle a dû être très belle dans sa jeunesse.

— Oui, c'est exact, du moins c'est ce que j'en ai déduit en voyant les photos que sa fille m'a montrées, et malgré tout elle l'est toujours. Parfois la vie est injuste, elle était en bonne santé et tout lui souriait, quand une cheminée mal entretenue l'a soustraite de ce monde. Le monoxyde d'azote ne pardonne pas, c'est traître et inodore. Si sa fille était rentrée plus tôt de l'école, elle serait toujours en vie.

— Vous savez avec des « si » on peut refaire le monde.

— Vous avez raison, mais parfois la vie est injuste. Et maintenant cette famille se sent responsable de ce qui lui est arrivé et cela la ronge à petit feu. Bon je vous laisse à présent, nous nous reverrons à mon retour.

Sur ce, le directeur laissa Catarina et Guillaume consulter les archives de l'établissement. Après plusieurs heures de lecture ils durent se rendre à l'évidence : aucune des victimes n'était passée au funérarium.

Après avoir remis toutes les archives à leur place, Catarina et Guillaume prirent congé du directeur, tout en le remerciant pour toute l'aide qu'il leur avait apportée. Une fois à l'extérieur, ils continuèrent leurs recherches.

Et tandis que Catarina continuait la tournée des autres funérariums, le capitaine des pompiers quant à lui faisait celui des chocolatiers et revendeurs Jeff de Bruges.

Après sa quinzième boutique, il tomba enfin sur une jeune vendeuse qui se rappelait très bien avoir servi un homme ressemblant au portrait-robot.

— Est-ce que vous auriez son nom ?

— Non, je regrette, il a payé en espèces. Mais je me rappelle très bien qu'il m'a dit que la détective Maty H trouverait nos chocolats tellement bons qu'elle viendrait bientôt nous en acheter une deuxième boîte.

— Je voudrais vous poser une dernière question. Ce sont bien des caméras de surveillance que vous avez dans votre magasin ? Tout en disant cela il désignait celle qui se trouvait en haut du mur, derrière la caisse, qui filmait la caisse et le comptoir, et la –deuxième, qui se trouvait dans l'angle qui filmait la partie gauche du magasin ainsi qu'une partie gauche de la rue. Et la troisième caméra qui se trouvait dans l'angle opposé et qui filmait la partie droite du magasin et un peu de la partie droite de la rue.

En voyant qu'il avait repéré toutes les caméras du magasin, la jeune vendeuse prit peur et devint blanche comme un linge.

Réaction que le capitaine des pompiers remarqua immédiatement.

— Mademoiselle, n'ayez aucune crainte, je ne vous veux aucun mal. Si je vous pose cette question, c'est parce que je suis sur une enquête avec la détective privée Maty H. Et il se trouve que la seule image que l'on a de notre suspect c'est ce portrait-robot. Et je me disais que puisque vous l'avez filmé, nous pourrions peut-être avoir une image plus claire et plus réelle qu'un dessin. Et par là même avec un peu de chance, nous verrons même d'où il venait.

— Je regrette monsieur, mais je ne peux pas vous montrer nos vidéos, à moins que vous n'ayez un mandat du juge nous obligeant à vous les donner.

— Je comprends, mais avant que je demande ce papier au juge, je voudrais être sûr que vous avez toujours cet enregistrement.

— Oh ! On l'a toujours. En fait les enregistrements ne sont effacés qu'à la fin du mois.

— Parfait, dans ce cas je fais le nécessaire. Et encore merci pour votre aide.

— Mais je vous en prie, ce fut avec plaisir.

Content de ce qu'il venait d'apprendre, le capitaine des pompiers marqua l'adresse sur son calepin afin de la donner à Catarina. Sitôt dehors il appela la jeune femme :

— Allo, Catarina, j'ai trouvé le chocolatier Jeff de Bruges, au 112-114 rue Mouffetard 75005 Paris. Ils ont bien une vidéo de notre suspect, seulement ils ne nous la donneront que sur présentation d'un mandat du juge.

— D'accord, dans ce cas va trouver Paul au commissariat du 8ème. Tu lui donneras l'adresse de la chocolaterie, et tu lui diras tout ce que tu viens de me dire afin qu'il fasse le nécessaire. Surtout tiens-moi au courant s'il y a le moindre problème. Nous serons de retour au QG dans quelques heures. Nous avons presque fini de faire le tour des pompes funèbres.

Et tout comme la veille, tous les groupes rentrèrent bredouille de leurs recherches à l'exception du capitaine des pompiers, qui grâce à Paul et au mandat du juge, avait récupéré la vidéo de la chocolaterie où le Fossoyeur avait acheté la fameuse boîte de chocolats Jeff de Bruges. Chocolats dans lesquels il avait injecté un produit pour droguer la concierge et ses fils, afin de pouvoir les transporter dans une des caves de l'immeuble et les retenir prisonniers.

En attendant l'arrivée de Catarina, Paul et le capitaine des pompiers visionnèrent au commissariat les vidéos de surveillance de la chocolaterie. Et c'est comme ça qu'ils tombèrent sur le Fossoyeur, qui n'essayait pas le moins du monde de cacher son visage, au contraire il fixait volontairement les trois caméras à tour de rôle, tout en leur souriant avant d'aller le plus naturellement du monde vers la vendeuse pour lui acheter une grande boîte de chocolats. En fixant la vidéo de plus près ils remarquèrent que l'homme portait des gants, et qu'à aucun moment il ne les avait retirés, même pour payer. En visionnant lentement son entrée en marche arrière dans le magasin, ils découvrirent qu'il était descendu d'une Fiat 127 rouge immatriculée dans l'Essonne.

Immédiatement Paul releva le numéro de la plaque d'immatriculation, et se mit à chercher le propriétaire de cette voiture dans sa banque de données. Et c'est comme ça qu'il découvrit que c'était un véhicule volé. Ses propriétaires avaient déposé plainte deux semaines auparavant. La voiture leur avait été volée dans le parking du grand magasin Leroy Merlin près du stade de France, alors qu'ils faisaient leurs courses.

— Ils doivent bien savoir qui a fait ça ! dit le capitaine des pompiers.

— Sûrement, et d'après ce que je lis sur le rapport de plainte, il y a une photo du voleur, prise par la caméra de surveillance. Je vais sortir la photo, et on verra bien à qui nous avons affaire.

Dès que Paul sortit la photo du voleur de l'ordinateur, ils virent qu'ils avaient affaire au Fossoyeur. Et tout comme il l'avait fait à la chocolaterie il prenait soin de regarder les caméras.

— Bon sang ! Mais il nous nargue ! cria le chef des pompiers.

— Je dirais plutôt qu'il joue avec nous. On voit bien qu'il n'a pas peur de se faire prendre, au contraire. Il vole cette voiture aussi simplement que s'il avait les clefs. Il a sorti une longue règle plate en aluminium de sa poche, l'a glissée entre la vitre et la portière, et a crocheté le système de blocage des portes. Une fois déverrouillée, il l'a ouverte sans difficulté. Quant à la mise en route, il n'a eu qu'à tirer sur les fils d'allumage qui se trouvent sous le volant, et les faire se toucher pour démarrer le véhicule comme si de rien n'était. Et pendant qu'il faisait ça, personne n'a rien vu.

Une chose est sûre, nous avons affaire à un professionnel, parce que tout le monde n'est pas capable de faire une telle chose.

— Peut-être a-t-il déjà été arrêté pour vol ?

— J'en doute, sans quoi son nom serait déjà apparu dans l'ordinateur en reconnaissance faciale. En plus les voleurs ne veulent surtout pas être reconnus durant leur méfait, alors que là c'est tout le contraire.

— Alors que cherche-t-il ?

— Je n'en sais rien, j'ai l'impression qu'il joue au chat et à la souris avec Catarina. Mais malgré tout il veut être arrêté.

— Dans ce cas qu'il se rende et qu'il libère Gina !

— Ce n'est pas aussi simple que ça. Il veut qu'on l'arrête, mais en même temps il veut nous prouver qu'il est le plus fort.

— Et qu'est-ce qu'on fait maintenant ?

— Je vais faire une copie de la vidéo pour Catarina. J'espère que de son côté elle aura trouvé quelque chose, parce que la liste de suspects qu'elle m'a donnée hier n'a mené nulle part.

— Je suppose qu'elle aura une nouvelle liste aujourd'hui.

— J'en suis persuadé, espérons seulement qu'elle sera plus fructueuse.

— Et demain qu'est-ce qu'on fait ?

— En ce qui concerne les plans de Catarina, je n'en sais rien. Par contre en ce qui me concerne, je dois me rendre à l'hôpital de la Salpêtrière, pour parler aux deux dernières victimes du Fossoyeur ainsi qu'à la concierge et à ses deux garçons. Actuellement j'ai mis deux hommes en faction devant leur porte, afin d'empêcher le Fossoyeur de s'en prendre à eux.

— Franchement, je ne crois pas que c'est dans ses intentions, sans quoi jamais il ne les aurait laissés en vie. Le fait de les laisser en vie me conforte sur ma première impression. Je suis persuadé qu'il a quelque chose à reprocher à ses 14 victimes. Gina n'étant pour lui qu'une manière de lancer Catarina sur ses traces.

— Est-ce que Gina est en danger ?

— Pour l'instant je ne crois pas, mais les choses pourraient très bien changer, au fur et à mesure que Catarina se rapprochera de lui.

— Il pourrait s'en prendre à Gina ?

— Sans aucun doute, il pourrait même la tuer tout comme les 14 autres victimes qui ont croisé son chemin.

— Mais pourtant vous n'avez jamais trouvé aucun corps qui pourrait dire qu'elles sont mortes.

— C'est vrai, mais on n'a plus jamais trouvé trace d'eux, depuis leur disparition.

— Pour l'instant c'est lui qui fait les règles du jeu, et Catarina ne peut que s'y plier. Par contre elle ne lui laissera aucune chance s'il commet la moindre erreur. Et à ce moment-là, il n'y aura que nous pour l'empêcher de commettre l'irréparable, ou pire encore de devenir la prochaine victime du Fossoyeur. Ça y est, je viens de faire une copie de la vidéo de surveillance de la chocolaterie. Il est temps à présent que nous retournions au restaurant de Gina, car à l'heure actuelle Catarina doit s'y trouver.

Paul et le capitaine des pompiers se rendirent au restaurant retrouver leur amie et toute l'équipe de recherches. Une fois sur place, ils virent Catarina qui parlait à l'équipe de recherches.

— Merci mes amis pour avoir parcouru durant ces deux jours autant de kilomètres pour mener à bien votre mission.

— Mais on n'a rien trouvé ! répondirent plusieurs d'entre eux.

— Détrompez-vous mes amis, car en ne trouvant rien, cela prouve que Gina est toujours en vie, et entre ses mains.

— Mais ça on le savait déjà !

— Oui, mais grâce à vous, ce sont des centaines de personnes qui ont vu son visage, et qui pourront nous aider dans nos recherches. Ils ont notre numéro de téléphone, et si le Fossoyeur vient à croiser leur chemin, ces personnes le reconnaîtront immédiatement et nous appelleront.

— Oh, on ne voyait pas les choses comme ça. Mais maintenant qu'on a visité tous les endroits que tu nous as demandés, que doit-on faire pour t'aider à la trouver ?

— En fait j'ai besoin que vous m'aidiez à trouver le point commun qu'il peut y avoir entre eux.

— Mais comment veux-tu que l'on réussisse une telle chose, alors que la police elle-même n'y est pas parvenue ? demanda une des religieuses.

— Ma sœur, avec l'aide de Dieu rien n'est impossible.

— Sans doute, mais ici je ne vois pas comment il pourrait nous aider.

— En fait, il faudrait contacter les familles des victimes, et les interroger afin de nous permettre de faire leur CV depuis le jour de leur naissance. Il faut savoir où elles sont nées, où elles ont grandi, si elles ont sauvé des vies. Enfin tout et n'importe quoi qui nous permettra de trouver un point commun entre elles.

— Et si malgré tous nos efforts on ne trouve toujours rien ?

— Eh bien on avisera à ce moment-là.

— Et si elles refusent de nous parler par téléphone ?

— Dans ce cas, il faudra en parler à Paul, afin qu'il contacte l'inspecteur qui s'est chargé des disparitions. Et demain lorsque vous vous chargerez d'interroger les familles, l'inspecteur Renoir, Guillaume et moi-même irons à l'institut médico-légal de Paris, et à la faculté de médecine Paris Descartes. Pour nous assurer qu'aucun d'entre eux n'a jamais vu aucune de nos victimes.

— Quant aux lignes téléphoniques, j'irai acheter demain matin suffisamment de portables pour que vous puissiez les contacter facilement.

— Ce ne sera pas nécessaire Catarina, nous avons ce qu'il faut.

— Mais je ne peux pas vous laisser utiliser vos portables, ça vous coûterait une véritable fortune !

— Ce sont nos portables et on peut faire ce qu'on veut avec sans avoir à te demander ton avis.

— Écoutez…

— Tu n'as rien à dire.

Touchée par ce qu'ils venaient de dire, elle ne put que leur dire « merci ». Et tandis qu'ils allaient prendre un bon repas chaud, Simon lui donna une seconde liste d'employés travaillant dans les cimetières. Liste qu'elle donna à Paul pour qu'il vérifie qu'aucune de ces personnes n'avait de casier judiciaire, de plainte à son encontre, ou de main courante.

— Je vérifierai cette liste sitôt de retour au commissariat. Et à présent, voici une copie de la vidéo de surveillance de la chocolaterie Jeff de Bruges, où le Fossoyeur a acheté la boîte de chocolats.

— Vous l'avez déjà visionnée ?

— Oui.

— Et ?

— Le Fossoyeur fixe chaque caméra vidéo, sans prendre la peine de se cacher. Il te nargue ouvertement, mais grâce aux caméras, on a pu identifier la voiture dans laquelle il circulait. Malheureusement pour nous c'est une voiture volée. Il a même était filmé durant son méfait.

— Je vois, il n'a peur de rien.

— C'est tout à fait ça.

— Et je suppose qu'il a payé en espèces, et qu'il portait des gants.

— Oui, il ne prend aucune précaution quant à son visage, mais par contre pour ce qui est de ses empreintes il fait tout ce qu'il faut pour n'en laisser aucune. Il sait que tu es sur ses traces, et à chaque fois il a un petit mot pour toi. À la chocolaterie il avait dit à la vendeuse que tu allais tellement les aimer que tu prendrais une deuxième boîte de chocolats.

— Et pour la voiture, vous l'avez retrouvée ?

— Non pas encore, mais nous avons donné son signalement ainsi que le portrait-robot à tous les commissariats de France. Si jamais elle est aperçue quelque part, j'en serai immédiatement informé.

— D'accord. Paul as-tu parlé aux deux victimes du sixième, à la concierge et aux deux garçons ?

— Je n'ai pas encore pu les interroger, mais demain à la première heure je me rendrai à l'hôpital de la Salpêtrière pour leur parler. Tu peux m'accompagner si tu veux, et ensuite nous irons rendre visite à l'institut médico-légal et à la faculté de médecine.

— Mais j'ai dit à Simon qu'on irait là-bas demain matin.

Au même instant Simon arriva, et lui dit :

— Il serait préférable qu'on aille les voir à l'heure du déjeuner, car le matin ils sont toujours submergés de travail, alors qu'au moment du repas ils seront plus libres de nous répondre. Et moi pendant ce temps je prendrai contact avec les inspecteurs qui ont suivi l'affaire du Fossoyeur, dans chacune des villes où les victimes ont disparu. On se donne rendez-vous devant l'institut médico-légal à midi.

— Tu en es sûr ?

— Certain.

— Dans ce cas Paul, j'irai avec toi à l'hôpital demain matin. Enfin Guillaume me conduira là-bas, comme ça nous pourrons nous rendre directement à l'institut médico-légal pour retrouver Simon.

— Parfait, dans ce cas à demain. Je dois retourner au commissariat vérifier cette deuxième liste de suspects. Et toi profites-en pour manger quelque chose avant d'aller te reposer.

— D'accord, dès que j'aurai visionné la vidéo.

Paul proposa à l'inspecteur Renoir d'utiliser son bureau durant son absence pour contacter tous les inspecteurs qui s'étaient chargés de cette affaire.

— J'accepte la proposition, et comme ça j'aurai moins de problèmes à chercher les informations qui me sont nécessaires.

Catarina prit congé de Paul et retourna auprès de ses amis, pour prendre un repas chaud avant d'aller regarder la vidéo. Une fois tout visionné, elle et Guillaume montèrent à l'appartement se reposer quelques heures. Tandis que son oncle Paolo se chargeait de tout remettre en état avant de fermer le restaurant pour la nuit.

— Tu n'as rien trouvé de plus dans la vidéo, n'est-ce pas ? demanda Guillaume.

— Non, mais on trouvera, car dans quelques heures il faudra se lever pour continuer notre enquête.

Et c'est fatiguée mais toujours confiante que Catarina regagna sa chambre pour s'écrouler sur son lit et s'endormir toute habillée sur le couvre-lit.

Chapitre 7
Un cadavre en cavale

— Bonjour Catarina, dit Guillaume en venant la réveiller dans sa chambre.

— Guillaume ! Mais quelle heure est-il ?

— Il est sept heures et demie, tu as juste le temps de te doucher et de prendre un petit déjeuner sur le pouce si tu veux qu'on aille avec Paul à l'hôpital de la Salpêtrière.

— Bon sang, je n'ai même pas entendu le réveille sonner.

— Tu n'es pas la seule. En fait, c'est ton oncle qui m'a réveillé avant de partir. Paul est passé ce matin pour lui dire qu'il nous attendait au commissariat à huit heures trente, afin qu'on parte tous ensemble pour l'hôpital.

— Le temps de me doucher et je suis prête!

— Prends quand même quelque chose avant de partir, car la journée va être longue. Le café est prêt et une bonne tartine t'attend sur la table.

— Merci Guillaume, je le prendrai pendant que je me douche.

— Quoi ! Tu ne vas quand même pas boire ton café dans la salle de bains ?

— Non, juste pendant le trajet.

Elle alla prendre sa tasse de café et sa tartine beurrée et mangea et but le tout en trente secondes. Un vrai record pour Catarina, qui en temps normal aimait prendre son petit déjeuner en toute tranquillité.

— Il faudra que je me rappelle que tu sais faire ça quand tu es pressée.

— Ne t'avise surtout pas d'en parler à Anthony, il serait capable de ne plus me préparer de petit déjeuner romantique, s'il venait à savoir que je suis capable d'un tel exploit, dit-elle en lui faisant un clin d'œil.

Elle confia la tasse à Guillaume, entra dans la salle de bains et en ressortit dix minutes plus tard, pimpante et fraîche comme une rose.

Pour la journée qui l'attendait, elle se mit à l'aise en mettant un jean, un tee-shirt et des baskets.

— Alors, qu'est-ce qu'on attend pour aller au commissariat ?

— Plus rien à vrai dire. Allez en route !

Catarina faisait semblant d'être heureuse, alors qu'en fait sa poitrine enserrait son cœur comme un étau. Car elle savait qu'il ne lui restait plus que quatre jours pour retrouver Gina, et que jusqu'à présent ils n'avaient trouvé aucune piste sérieuse qui puisse les mener jusqu'au Fossoyeur.

En entrant au commissariat, elle trouva Paul et Simon qui travaillaient devant l'ordinateur.

— Bonjour Paul, bonjour Simon, il y a longtemps que vous êtes au travail ?

— Une heure tout au plus, en fait on vient juste de récupérer tous les noms des inspecteurs qui ont travaillé sur l'affaire du Fossoyeur au masque d'argent. Quant au capitaine des pompiers qui est dans le bureau d'à côté, il a lui aussi retrouvé chaque unité de pompiers présente sur cette affaire.

— Il est venu au commissariat pour ses recherches ?

— En fait je lui ai proposé de venir ici, car il y a trop de monde au QG.

— Merci Paul. Mais tu aurais dû me réveiller quand tu es passé ce matin.

— Pour quoi faire, pour te dire que ta liste de suspects n'a rien donné ? Je n'en voyais vraiment pas l'utilité.

Catarina était déçue de savoir que ça n'avait rien donné, mais elle s'en doutait un peu, aussi ne voulant pas se laisser démoraliser, elle préféra les laisser quelques instants pour aller saluer le capitaine des pompiers.

— Bonjour Capitaine !

— Bonjour Catarina, je suis venu travailler au commissariat pour être un peu au calme.

— Oui, Paul m'a expliqué que le restaurant était une véritable fourmilière ce matin.

— Tout à fait. Anthony et ses amis sont allés rendre visite aux deux casernes de pompiers qui sont intervenues lors de la disparition des deux victimes de Paris, ensuite ils iront contacter leur famille. Quant au reste de l'équipe elle est déjà à pied d'œuvre en train de contacter les familles des autres victimes du Fossoyeur.

— Bien, dans ce cas je vous laisse travailler. Nous nous reverrons tout à l'heure au QG.

— Bonne chance dans tes recherches Catarina.

— Bonne chance Capitaine.

Et après un dernier regard, elle retourna auprès de Paul et Simon, pour leur signaler qu'elle était prête à partir.

— Dans ce cas direction l'hôpital de la Salpêtrière. Tu me suis avec Guillaume, ou tu préfères venir avec moi dans une voiture de police ? lui demanda Paul.

— Je préfère rester avec Guillaume, parce qu'après nous devrons nous rendre à l'institut médico-légal pour retrouver Simon.

— D'accord, pas de problème.

La circulation à cette heure du matin était assez dense, mais Guillaume, en tant que chauffeur de taxi, connaissait tous les raccourcis de la ville pour arriver à destination en un temps record. Si bien qu'ils laissèrent Paul suivre son chemin tandis qu'ils en empruntaient un autre.

Une fois arrivés, Catarina et Guillaume durent attendre Paul à l'entrée de l'hôpital, après avoir garé leur véhicule à l'intérieur.

— Il faudra vraiment que tu me dises Guillaume, comment tu fais pour arriver avant moi alors que je roule toute sirène hurlante.

— C'est le métier qui veut ça Paul, la première chose que tu apprends lorsque tu veux être chauffeur de taxi, c'est comment te déplacer dans Paris le plus rapidement possible, pour récupérer au plus vite un autre client.

— Oui eh bien, ça ne nous ferait pas de mal d'avoir votre formation pour mieux exercer notre métier.

— Paul, où doit-on se rendre ?

— Ils sont dans ce bâtiment au troisième étage. J'ai demandé à ce que la concierge et ses garçons soient dans la même chambre, et les deux autres victimes dans celle d'à côté. Ce n'est pas ce qui se fait habituellement, mais c'est plus simple pour les surveiller.

— Tu as eu de leurs nouvelles depuis qu'ils ont été amenés à l'hôpital ?

— Oui, on leur a éliminé toute drogue de l'organisme.

— Et tu sais ce que le Fossoyeur leur a fait prendre ?

— Oui, c'est du phénobarbital, un puissant barbiturique.

— Et pour les deux autres victimes du sixième ?

— Il a utilisé un teaser.

— Je vois, j'espère que ses victimes pourront nous apprendre plus de choses sur leur agresseur.

Et tandis qu'ils prenaient l'ascenseur pour se rendre à leur chevet, ils émirent plusieurs hypothèses sur le Fossoyeur et la raison pour laquelle il avait commencé ses enlèvements sept ans auparavant.

— Je dirais qu'un choc émotionnel assez grave a été le déclencheur. Il a dû perdre quelqu'un de cher, comme un membre de sa famille, et ça a dû se produire il y a sept ans.

— Oui, Catarina ton hypothèse tient debout, mais s'il voulait se venger de son agresseur jamais il n'aurait enlevé et sans doute tué autant de personnes. Ton raisonnement ne tient plus vu la quantité de victimes qu'il y a.

— À moins que ses victimes aient assisté à la scène sans rien faire.

— Si ça avait été le cas, il y aurait eu une plainte pour non-assistance à personne en danger, ce qui veut dire procès et condamnation, mais je n'ai vu aucune plainte les concernant.

— Bon sang, je suis sûre qu'il y a quelque chose qui nous échappe, mais quoi ?

— On reparlera de ça tout à l'heure, pour l'instant on va interroger les dernières victimes du Fossoyeur.

Avant d'entrer dans la chambre Paul interrogea le policier en faction.

— Est-ce que quelqu'un a essayé de pénétrer dans leur chambre ?

— Non, il n'y a eu personne excepté le médecin et les infirmières.

— Bien, allons les interroger, peut-être apprendrons-nous quelque chose sur le Fossoyeur.

Bonjour, je suis l'inspecteur en charge de votre affaire, et c'est la détective Maty H et son collègue ici présent qui vous ont trouvés. J'aurais quelques questions à vous poser au sujet de votre agresseur. Tout d'abord je voudrais vous montrer quelques photos, et j'aimerais que vous me disiez si votre agresseur fait partie des suspects.

Catarina leur présenta toutes les photos des victimes ainsi que le portrait-robot du Fossoyeur. Sans la moindre hésitation, Catherine Desange et Stéphane Decourt désignèrent le portrait-robot comme étant l'identité de leur agresseur.

— Je voudrais que vous me racontiez comment il a fait pour entrer chez vous.

D'après les empreintes, il est entré en premier chez vous Monsieur Decourt, il a emprunté les toits pour se rendre chez Madame Desange. Ce que je voudrais savoir, c'est comment il a fait.

— En fait Inspecteur, si je lui ai ouvert ma porte, c'est parce qu'il m'a dit avoir un recommandé pour moi.

— Et vous l'avez cru.

— Bien sûr, pourquoi ne l'aurais-je pas cru, puisqu'il portait l'uniforme des facteurs.

— Et que s'est-il passé après que vous lui avez ouvert ?

— Je n'en sais rien, je me rappelle juste avoir ressenti une atroce douleur dans la poitrine. J'avais l'impression d'être complètement tétanisé, je manquais d'air et j'avais les poumons en feu. J'entendais les battements de mon cœur qui augmentaient de plus en plus. Et tout à coup tout est devenu noir. Et lorsque je suis revenu à moi je ne pouvais plus bouger et j'avais un chiffon dans la bouche qui m'empêchait de parler ou de crier. Lorsque j'ai regardé mes jambes j'ai vu que j'étais ligoté et que c'était la raison pour laquelle je ne pouvais plus bouger. J'avais peur, car je ne savais pas ce qu'il allait faire de moi, et ce n'est que lorsque je n'ai plus entendu le moindre bruit que j'ai compris qu'il était parti. Et dès cet instant je n'ai cessé de faire du bruit comme je pouvais afin que l'on vienne m'aider.

— Je voudrais savoir, lorsque cet homme est entré chez vous, était-il seul ?

— Oui, enfin je suppose, car en réalité je n'en sais rien.

— D'accord, et vous Madame Desange, pourriez-vous me dire comment cet homme est entré chez vous ?

— En fait j'étais en train de nettoyer le vasistas quand j'ai entendu des pas qui venaient vers moi. Immédiatement j'ai fermé la fenêtre, afin que personne n'entre et je m'apprêtais à appeler la police, quand j'ai entendu du verre brisé. J'ai compris qu'il voulait entrer chez moi, j'ai lâché le téléphone et je me suis précipitée vers la porte pour demander de l'aide. Et c'est alors que j'ai senti une douleur me vriller le dos et tout comme Monsieur Decourt, j'ai eu tous les muscles de mon corps qui se sont contractés. Mon cœur voulait sortir de ma poitrine et mes poumons n'arrivaient plus à se remplir d'air, ma vision s'est brouillée, j'ai été plongée dans l'obscurité et lorsque j'ai repris connaissance, j'étais ligotée et bâillonnée.

— Et vous avez vu quelqu'un avec lui ?

— Non, mais je sais qu'il n'était pas seul, car avant de refermer le vasistas j'ai entendu un râle.

— Vous-a-t-il dit quelque chose ou donné un quelconque message ?

— Non rien.

— D'accord, eh bien il est temps pour moi de vous laisser, car j'ai d'autres personnes à interroger. Lorsque vous sortirez d'ici je voudrais que vous passiez au commissariat du 8ème arrondissement, vous n'aurez qu'à demander Paul. Et dès qu'on m'aura prévenu je viendrai à votre rencontre. À présent reposez-vous. Je vais laisser un homme en faction devant votre chambre durant le temps que vous serez à l'hôpital, mais je ne saurais trop vous conseiller d'attendre quelques jours avant de rentrer chez vous. Avez-vous un endroit où aller ?

— Oui, je peux aller passer quelques jours chez ma sœur, dit Madame Desange. Elle habite à Lyon.

— Et vous Monsieur Decourt ?

— Je pourrai loger quelques jours chez des amis, ils habitent à Épinay.

— C'est parfait ! Pourriez-vous me donner vos nouvelles adresses et numéros de téléphone ? Si vous les connaissez bien entendu. Sinon je vous demanderai de passer au commissariat du 8ème pour me les donner. Comme ça, si j'apprends quelque chose sur votre agresseur, je vous en ferai part.

— Merci de nous avoir sauvés.

— Vous resterez à l'hôpital encore quelques jours, mais je vous promets que l'on met tout en œuvre pour arrêter la personne qui vous a fait ça. Nous devons vous laisser à présent car nous devons interroger la concierge et ses fils.

Sur ce, Paul, Catarina et Guillaume sortirent de la chambre pour entrer dans celle d'à côté.

— Bonjour Madame Escudos, je suis l'inspecteur chargé de votre affaire. Comment vous sentez-vous aujourd'hui ?

— Pas très bien, mais un peu mieux qu'hier.

— Et vos garçons, comment vont-ils ?

— Pas très bien, mais leur vie n'est plus en danger. Dans quelques jours ils seront de nouveaux des garçons turbulents.

— Madame Escudos, j'aurais quelques questions à vous poser sur ce qui vous est arrivé.

— Je ne vois pas comment je pourrais vous aider, mais allez-y posez-moi vos questions.

— L'homme qui vous a apporté la boîte de chocolats Jeff de Bruges, qui était-il ?

— Un livreur de la chocolaterie.

— Pourriez-vous me dire s'il se trouve parmi les personnes que j'ai en photo ?

Paul lui montra la photo des victimes et le portrait-robot du Fossoyeur.

— C'est lui ! dit-elle en montrant le portrait-robot que Catarina avait fait.

— D'accord, et que vous a-t-il dit lorsqu'il vous a apporté cette boîte de chocolats ?

— Que les gérants de l'immeuble étaient très contents de mon travail, et qu'en remerciement ils m'offraient cette boîte de chocolats.

— Vous a-t-il dit quelque chose de personnel à son sujet ?

— Non, si ce n'est qu'il suivait les enquêtes de Maty H avec beaucoup d'intérêt. Il m'a dit n'avoir jamais connu quelqu'un dans son genre, et qu'il avait hâte de se confronter à elle.

J'ai trouvé ça bizarre, mais après tout il a sûrement fait un lapsus en me le disant. Et j'étais si heureuse d'avoir reçu des chocolats Jeff de Bruges que je n'ai pas pu attendre pour les goûter. Et mes enfants non plus. J'en ai proposé au livreur, mais il m'a dit qu'il était allergique au chocolat, et que c'était sans doute pour cette raison qu'on l'avait embauché comme livreur.

Le chocolat était si bon qu'on en a pris plusieurs, et tout à coup je ne me suis pas sentie très bien, j'avais envie de dormir. Et après je ne me rappelle plus de rien jusqu'à ce que je me réveille ici. C'est comme ça que j'ai appris qu'on aurait pu mourir si on avait pris quelques chocolats de plus. Car ils étaient tous remplis de barbituriques.

— Oui c'est vrai, vous revenez de très loin. Et vous avez beaucoup de chance d'être toujours en vie, tous les trois.

— Vous croyez qu'il va revenir s'en prendre à nous ?

— Non, vous n'avez rien à craindre à ce sujet, et vu le nombre d'agents de police sur place personne ne pourra vous approcher sans être interpellé avant. Mais ne vous en faites-pas, avant même que vous ne retourniez chez vous, on aura arrêté cet homme. Pour l'instant ce qu'il vous faut c'est du repos, et profitez-en tant que vous êtes ici, car une fois chez vous, vous n'aurez plus un instant de repos avec vos garçons.

— Oui, vous n'avez pas tort. Lorsqu'ils sont en pleine forme, ces deux-là en valent dix.

Catarina et Guillaume, en retrait dans la chambre, ne dirent rien. Mais ils se rendirent compte à quel point le Fossoyeur était machiavélique et dangereux pour tous ceux qui croisaient son chemin.

Lorsque Paul prit congé de la concierge et de ses garçons, Catarina et Guillaume sortirent silencieusement de la chambre et l'attendirent à l'extérieur.

— Alors Catarina, qu'est-ce que tu en penses ?

— Qu'il les aurait laissés mourir sans lever le petit doigt. On a affaire à un vrai monstre. Comment peut-on mettre en danger la vie de jeunes enfants sans ressentir quoi que ce soit ? Je peux te garantir que si je lui mets la main dessus, je lui ferai passer un sale quart d'heure.

Paul ne dit rien, mais il savait très bien de quoi elle était capable, et c'est justement ce qu'il devait empêcher s'il ne voulait pas qu'elle commette l'irréparable et finisse sa vie en prison.

— Il est temps pour nous de te laisser, car je dois retrouver Simon à l'institut médico-légal à midi.

— D'accord, on se verra ce soir, pour faire un topo de la journée.

Sur ce Catarina et Guillaume se rendirent à l'institut médico-légal au 2, voie Mazas dans le 12ème arrondissement. Où Simon attendait tranquillement leur arrivée dans la voiture.

— Il y a longtemps que tu attends ?

— Une demi-heure tout au plus.

— Mais je croyais qu'on s'était donné rendez-vous à midi ?

— Tout à fait, mais comme j'avais terminé mes recherches, j'ai préféré partir.

— Tu as appris quelque chose ?

— Pas vraiment, j'ai parlé avec tous les inspecteurs qui se sont chargés de l'affaire du Fossoyeur au masque d'argent. Mais je n'ai rien appris de concluant, si ce n'est qu'il surveille ses victimes avant de les enlever.

— Et comment sais-tu ça ?

— Parce qu'elles ont toutes été enlevées quand il n'y avait personne dans l'immeuble susceptible de lui faire barrage. Que ça arrive à une victime, je dirais il a eu de la chance, mais que ça arrive pour les quinze victimes, là je dis qu'il les surveillait. Et qu'il savait très exactement quand il pouvait agir librement.

— Tu as appris autre chose ?

— Non, mais en parlant avec les inspecteurs, j'en suis arrivé à la conclusion que le Fossoyeur devait avoir un véhicule assez grand pour passer inaperçu aux yeux de tous.

— Comme un camion par exemple ?

— Un camion, ou une caravane.

— Si c'était le cas, on l'aurait tout de suite remarqué. Et on sait à présent qu'il a utilisé une ambulance pour transporter ma tante. Non je crois plutôt qu'il a un grand choix de véhicules à sa disposition, et que selon la personne qu'il doit enlever, il prend le véhicule le plus discret possible.

— Et tu penses à quoi ?

— Je ne sais pas, à un garage revendeur de voitures ou à une casse.

— Hé ! Ce n'est pas bête comme hypothèse, et franchement je n'y avais pas pensé. Mais si c'était le cas, pourquoi avoir volé le véhicule avec lequel il s'est présenté à la chocolaterie ?

— Hé ! Je n'ai pas dit que j'avais toute les réponses, juste qu'on pourrait chercher dans cette direction.

— D'accord, je m'en charge.

Simon descendit du véhicule et se présenta devant le bâtiment de l'institut médico-légal. Il sonna à l'interphone et demanda à voir le médecin légiste Sami Guillet.

— De la part de qui ?

— De l'inspecteur Simon Renoir.

— Bien, je vais lui parler et je reviens vers vous.

Dix minutes plus tard, la porte de l'institut s'ouvrit et le médecin légiste vint à leur rencontre.

— Simon ! Quelle joie de te revoir parmi nous, dit-elle toute heureuse, en lui faisant la bise.

— Oui, je ressens la même chose. Il y a si longtemps que je veux passer te voir, mais avec toutes ces enquêtes sur le dos, je n'ai plus de temps libre.

— Quel bon vent t'amène de nouveau parmi nous ?

— Le Fossoyeur.

— Oh ! Il a fait une nouvelle victime ?

— Oui, la tante de la détective Maty H, ici présente.

— Oh ! Je suis vraiment désolée d'apprendre ça. Mais en quoi puis-je vous aider ?

— En fait on voudrait savoir si tu as à un moment donné vu l'un de ces visages sur ta table d'autopsie ?

Simon lui présenta les photos des quinze victimes et celle du Fossoyeur.

— Non, je regrette ça ne me dit rien. Mais je peux toujours demander à mes collègues.

— Ce serait sympa de ta part.

— Entrez donc, et suivez-moi dans mon bureau. Installez-vous confortablement pendant que je vais montrer ces photos à mes confrères.

— Elle a l'air sympa.

— Elle l'est.

— Et tu n'aurais pas un peu le béguin pour elle, par hasard ?

— Je te signale qu'on est sur une enquête, et pas en train de m'arranger une histoire de cœur.

— Si je ne le fais pas, qui le fera ?

— Catarina…

— Ça va, ça va, je n'insiste pas.

Dix minutes plus tard, le médecin légiste était de retour auprès d'eux.

— Non, ils n'ont jamais vu aucun de ces visages. Mais quoi qu'il en soit j'ai fait une copie que j'ai épinglée sur le tableau de la morgue. Si jamais ils venaient à passer entre nos mains, je te préviendrais immédiatement.

— Merci Sami, c'est vraiment très sympa de ta part.

— De toute façon, je vérifierai les photos de toutes les personnes que nous avons déjà vu passer sur nos tables d'autopsie.

— Merci pour votre aide Docteur Guillet.

— Appelez-moi Sami. J'espère que vous retrouverez bientôt votre tante saine et sauve.

— Oui, moi aussi.

— Merci pour ton aide Sami, mais on doit partir à présent car on doit encore aller à la faculté de médecine Paris Descartes.

— Tu crois vraiment qu'il aurait pu envoyer ses victimes là-bas ?

— Franchement je n'en sais rien, il est tellement pervers qu'on ne sait jamais.

— Oui, après tout pourquoi pas. Dans ce cas je ne vous retiens pas plus longtemps.

Après s'être promis de se revoir bientôt, Simon, Catarina et Guillaume se rendirent à la faculté de médecine, dans leur propre véhicule. Après s'être garés non loin de la faculté de médecine, ils se rendirent à pied jusqu'à l'entrée du bâtiment et sonnèrent à l'interphone.

— Bonjour madame, je suis l'inspecteur Renoir et j'aimerais parler au directeur.

— Il vous attend ?

— Non, mais je suis actuellement sur une affaire criminelle et je dois absolument m'entretenir avec lui.

— Attendez là, je vais l'informer de votre demande.
— Merci.

Un quart d'heure plus tard le directeur de la faculté de médecine faisait son apparition devant la porte de l'établissement.

— Inspecteur Renoir, je suppose ?
— Oui, monsieur et voici la détective Maty H et son collègue Guillaume.
— Que puis-je pour vous ?
— On est actuellement sur une affaire criminelle, et je voudrais m'assurer que les victimes de ce tueur en série ne figurent pas parmi les corps que vous avez en votre possession.
— Comment ! Mais aucune victime de crime n'atterrit dans mon établissement.
— Je n'en doute pas, mais voyez-vous le criminel que nous poursuivons a plus d'un tour dans son sac. C'est un véritable caméléon, il prend différentes identités lorsqu'il se présente aux victimes. Je sais que j'aurais besoin d'un mandat pour vérifier vos corps, mais puisque vous n'avez rien à vous reprocher ni à cacher. Je me suis dit que peut-être vous voudriez vous éviter la mauvaise publicité que pourrait avoir une descente de police dans votre établissement.

Le directeur de la faculté de médecine n'appréciait pas le moins du monde la menace de l'inspecteur Renoir.

— Écoutez Inspecteur, chaque corps est parfaitement en règle lorsqu'il franchit les portes de mon établissement ! Et pour vous montrer ma bonne foi, je vous montrerai les papiers de chacun.

— Serait-il aussi possible de voir les corps qui correspondent aux papiers ?

— Je ne vois pas l'utilité de vous les montrer, puisque chaque document a la photo du donneur.

— Disons que je veux juste m'assurer que chaque photo correspond vraiment au corps, une fois vérifié je n'aurai plus aucune raison de vous importuner.

Le directeur demanda à l'inspecteur et à Catarina de le suivre dans son bureau, le temps de prendre le dossier de chaque défunt.

— Suivez-moi à présent dans la chambre des corps afin que vous puissiez vérifier par vous-même l'authenticité des faits.

Ils longèrent d'immenses corridors pour arriver dans la salle de TP, où les jeunes étudiants en médecine et futurs médecins s'apprêtaient à s'exercer sur le corps qui leur avait été attribué. Arrivé dans la salle le professeur expliquait à ses étudiants qu'ils allaient travailler sur des corps qui venaient tout juste d'arriver.

— Vous devez traiter ces corps avec respect, et ne jamais oublier que si de leur vivant ils n'avaient pas décidé de faire don de leur corps à leur mort, vous n'auriez rien pour étudier ni pour apprendre. Aussi je vous préviens je n'accepterai aucune plaisanterie sur leur compte.

— Bonjour docteur, excusez-moi de vous importuner en plein cours, mais j'aurais besoin de l'attention de tous vos élèves, afin de vous déranger le moins possible.

Le professeur trouva étrange l'intrusion du directeur en plein cours, car en dix ans de carrière au sein de cet établissement, jamais une telle chose ne s'était produite.

Et tout à coup un des étudiants présents prit la parole :

— Vous êtes l'équipe qui a sauvé les fillettes de l'orphelinat Sainte-Catherine !

Devant une telle affirmation, Catarina trouva plus prudent de ne rien occulter.

— Oui c'est bien nous, et si nous sommes ici c'est parce que nous avons besoin de votre aide. Ma tante Gina a été enlevée et nous avons besoin de nous assurer qu'elle ne fait pas partie des corps qui sont ici.

— Comment ? Mais ce n'est pas ce que vous m'avez dit !

Catarina continua à parler malgré l'intervention du directeur.

— J'ai ici des photos à vous montrer, pourriez-vous me dire si l'une de ces personnes est déjà passée entre vos mains ?

Catarina montra à chaque étudiant la photo des quinze victimes, et arrivée devant l'un d'eux, elle devint blanche comme un linge.

— Vous allez bien mademoiselle ? demanda l'étudiant, inquiet, avant d'aller à sa hauteur pour la soutenir.

Cette voix inquiète alerta immédiatement Guillaume qui cessa de parler pour se tourner vers Catarina. En voyant sa pâleur, il courut vers elle.

— Catarina ! Qu'est ce qui t'arrive ?

— Madame Normand ! Elle est ici !

— Quoi ! Mais qu'est-ce que tu racontes ?

Elle ne dit plus rien, mais désigna du doigt le corps qu'elle venait de reconnaître.

Guillaume suivit son regard, et vit de qui elle parlait.

— Tu es sûre qu'il s'agit bien de la même personne ?

— Guillaume cette femme était il y a encore quelques heures exposée au Repos Éternel. Elle devait être conduite au cimetière pour être enterrée après notre départ.

— Vous faites sûrement erreur mademoiselle, cette dame ne s'appelle pas Madame Normand, mais Madame Aurore Fossoyeur.

— Quelle preuve veux-tu de plus ?

Simon, qui s'était approché d'eux, avait suivi toute la conversation, et c'est alors qu'il demanda au directeur qui avait amené ce corps.

— Le convoyeur de corps qui travaille pour la faculté de médecine. Son poste est au centre de dons des corps au 45 rue des Saints-Pères 75006 Paris. Le numéro de téléphone de l'établissement est le 01.42.60.82.54.

— Bien, je vais les appeler immédiatement !

L'inspecteur Renoir les appela, et après s'être présenté il demanda s'ils avaient envoyé le corps de Madame Aurore Fossoyeur à la faculté de médecine Paris Descartes.

— Non inspecteur Renoir, cette personne n'apparaît pas dans notre listing de donneurs.

— Merci beaucoup pour votre aide mademoiselle.

Et se tournant vers le directeur de l'établissement, il dit :

— Je réquisitionne ce corps, car le centre de dons des corps n'a jamais eu cette personne dans ses listings et ils ne vous ont envoyé aucun corps depuis plusieurs jours.

En apprenant la nouvelle, le directeur resta horrifié et sans voix. Et tout à coup il craignit qu'on ne l'accuse de voler des cadavres pour son établissement.

— Inspecteur, je ne suis pour rien dans ce qui vient d'arriver. Jamais je n'aurais demandé ni même volé un corps au cimetière !

— Monsieur, pour l'instant je ne vous accuse de rien, la seule chose que je veux savoir c'est qui a récupéré ce corps, et si vous avez des caméras de surveillance qui auraient filmé son arrivée ?

— Oui, nous avons des caméras de sécurité, quant à la personne qui a récupéré ce corps, je vous dirais qu'il s'agit de Jacques Singer. C'est un jeune étudiant en médecine qui travaille chez nous pour payer ses études. Il a un casier judiciaire vierge et …

— J'aimerai lui parler et visionner vos vidéos. Quant au corps, je vais demander à l'institut médico-légal de venir le récupérer et je voudrais aussi récupérer les papiers le concernant.

— Bien sûr, Inspecteur. Se tournant vers le professeur il demanda à ce que le corps soit remis en chambre froide, jusqu'à l'arrivée d'une personne de l'institut médico-légal. Et sitôt après il conduisit l'inspecteur Renoir et ses amis jusqu'au jeune Jacques Singer.

— Bonjour Jacques.

— Bonjour monsieur le Directeur.

— Je voudrais savoir quand vous avez réceptionné le corps de Madame Aurore Fossoyeur.

— Ce matin, aux environs de cinq heures.

— Je voudrais visionner l'enregistrement concernant l'arrivée de ce corps.

Le jeune étudiant était surpris, et quelque peu inquiet, aussi demanda-t-il de but en blanc ce que l'on lui reprochait.

— Rien, seulement on a besoin de votre aide pour une reconnaissance faciale.

— Bien sûr !

— Je vais vous montrer des photos, et je voudrais que vous me disiez si vous avez vu l'une de ces personnes dernièrement.

L'inspecteur Renoir lui montra la photo des quinze victimes, et le portrait-robot du Fossoyeur, qu'il reconnut immédiatement.

— C'est le chauffeur qui travaille pour la faculté de médecine, il m'a amené de très bon matin le corps d'une femme, une certaine Aurore Fossoyeur, si je ne me trompe pas.

— Vous l'aviez déjà vu avant aujourd'hui ?

— Oui, mais il y a plusieurs mois de ça.

— Est-ce que vous vous rappelez très exactement la date ?

— Non, mais je peux toujours regarder le carnet de livraison des corps.

— Ce serait très aimable de votre part.

Le jeune homme alla consulter le carnet de livraison et, après l'avoir étudié, leur dit l'avoir vu le 02/03/2016, ainsi que le 01/01/2016.

— Et vous êtes sûr qu'on parle bien de la même personne ?

— Certain !

— Et comment pouvez-vous en êtes aussi sûr ?

— Parce que c'est la même signature.

En regardant de plus près, l'inspecteur Renoir remarqua qu'effectivement les signatures étaient identiques. Et que le livreur avait signé à chaque fois « Fossoyeur » !

Catarina regarda de plus près le carnet de livraison et demanda à l'inspecteur Renoir d'une voix tremblante :

— Simon, tu sais ce que ça veut dire ?

— Oui.

Guillaume qui était derrière, les regarda à tour de rôle et leur demanda s'il avait raté quelque chose.

— Guillaume, dit Catarina, si le Fossoyeur a pris la peine d'amener le corps de Madame Normand jusqu'ici, c'est qu'il a mis quelqu'un d'autre à sa place.

— Et tu crois qu'il a enterré Gina à la place de Madame Normand ?

— Oui, c'est ce que je crois.

— Mais dans ce cas, on doit tout de suite aller la chercher !

— C'est exactement ce qu'on va faire.

Chapitre 8
Le sauvetage de Gina

— Simon, je te laisse gérer ce qu'il y a ici, et je vais avec Guillaume au service funéraire « Au Repos Éternel ».

— Je demande des renforts sur-le-champ. Dès que tu connais le cimetière où Madame Normand devait être enterrée, tu m'appelles et j'irai là-bas avec les renforts, l'ambulance et le fossoyeur pour sortir le cercueil de sa fosse.

— Je t'appelle dès que j'apprends quelque chose.

Sitôt après Catarina et Guillaume se précipitèrent vers leur véhicule pour se rendre « Au Repos Éternel ». Jamais Guillaume n'avait conduit aussi vite dans Paris. Il passait par toutes les ruelles possibles, mais lorsqu'ils arrivèrent « Au Repos Éternel », celui-ci était déjà fermé, et il ne devait rouvrir que dans douze heures. Sur la porte de l'établissement, aucun numéro de téléphone ne figurait, il n'y avait que les horaires d'ouverture et de fermeture : de 8h00 à 12h00 et de 14h00 à 18h00.

— Catarina, qu'est-ce qu'on va faire ? demanda Guillaume. On ne va quand même pas attendre jusqu'à demain ?

— Non, on ne va pas attendre. Est-ce que tu as un cric dans cette voiture ?

— Je suppose que oui, attends je vais vérifier dans le coffre.

Guillaume ouvrit le coffre et vit contre la paroi du siège arrière, maintenus dans un filet, un cric et une croix pour défaire les boulons. Il défit le filet pour les dégager et les tendit à Catarina.

— Qu'est-ce que tu veux faire avec ?

— M'introduire à l'intérieur, et pour ça j'ai besoin de casser cette porte vitrée.

— Mais si tu fais ça, tu vas déclencher le système d'alarme, et la police va arriver sur-le-champ.

— Je ne crois pas qu'il y ait de système d'alarme mais si jamais c'est le cas, ça nous faciliterait la tâche.

— Tu ne crois pas qu'on pourrait appeler un serrurier ?

— Si, on pourrait, seulement il nous demanderait de justifier notre identité et le rapport qu'on a avec cet établissement. Et comme on n'en a aucun, il refusera d'ouvrir.

— D'accord, dans ce cas vas-y ! Mais évite de te blesser.

Catarina prit le cric et le lança contre la porte vitrée de toutes ses forces, la faisant éclater en mille morceaux.

— Bon une chose de faite, donne-moi la croix à présent, pour que j'enlève les pics anguleux qu'il reste le long de la porte.

Sitôt après ils pénétrèrent à l'intérieur, et se rendirent dans le bureau du directeur. Catarina se mit à fouiller le bureau, cherchant le moindre document qui porterait le nom de Madame Normand, sans le moindre succès. C'est alors que Guillaume émit l'hypothèse que le dossier de Madame Normand était peut-être déjà archivé.

— Oui, tu as raison, c'est sans doute pour cela que je ne trouve rien dans ce bureau.

Et avant même qu'elle n'aille vérifier ses propos, elle fut arrêtée net par des policiers armés.

— Plus un geste ! Et mettez les mains en l'air !

— Hé là, doucement les gars ! C'est moi Catarina Lavitana.

— Mais qu'est-ce que tu fiches ici ? demanda Tom, tu étais censée nous attendre dehors !

— Je sais Tom, mais je ne pouvais pas attendre votre arrivée sans rien faire.

— Et détruire une porte vitrée te paraissait plus raisonnable ?

— Sur le moment, oui.

— Je peux baisser les bras à présent ? Parce que je n'ai toujours pas trouvé le dossier de Madame Normand, et j'allais justement le chercher dans la pièce des archives. Et un peu d'aide ne serait pas superflue.

— Ca n'aurait pas été plus facile de les appeler ?

— Je ne sais pas si tu as remarqué, mais vu l'heure tardive, ils ne sont plus ici.

— Catarina, il y a un numéro d'urgence qui apparaît sur chaque dossier. Et cet appel tombe obligatoirement sur le portable du directeur, ou de la personne qui est d'astreinte ce jour-là.

— Bien sûr ! Mais comment ai-je pu ignorer une telle chose ! J'ai vu des dossiers sur le bureau du directeur, ce qui veut dire que le numéro d'urgence doit être inscrit dessus.

— Tout à fait.

— Tu ne saurais pas par hasard à quel endroit il se trouve ?

— À la fin du dossier. Allez, donne-m'en un.

Catarina lui tendit un des nombreux dossiers qui étaient posés sur le bureau du directeur.

Tom prit le dossier et le feuilleta, et en moins de cinq minutes il trouva le numéro qu'il cherchait.

Catarina releva le numéro et appela la personne qui était d'astreinte.

À peine venait-elle de composer le numéro, qu'elle tomba à l'autre bout du fil sur le directeur de l'établissement.

— Allo ! Service Funéraire « Au Repos Éternel » ; bonsoir, vous avez besoin de nos services pour un défunt ?

— Oui, seulement il faut absolument que je parle au directeur !

— Je suis le directeur du service funéraire « Au Repos Éternel » ; pour aller chercher le défunt, j'ai besoin de connaître l'endroit où il se trouve.

— Monsieur le directeur, je suis Maty H détective privée. On s'est vus il y a quelques heures de ça dans votre établissement. J'aurais besoin de vous poser quelques questions.

— Attendez une minute, vous m'avez appelé sur mon portable d'intervention parce que vous voulez me poser des questions ? Comment avez-vous eu mon numéro d'intervention ?

— Je viens de le prendre sur un des dossiers que vous avez sur votre bureau.

— Comment ça, sur mon bureau ?

— En fait, je suis entrée dans votre établissement pour trouver un numéro où vous joindre.

— Mais j'ai fermé la porte à clef en partant !
— Je sais, mais il se trouve qu'il y a eu un léger incident.
— Comment ça, un léger incident ?
— En fait, vous n'avez plus de porte…
— Comment ça, je n'ai plus de porte ?
— Elle a malencontreusement volé en éclats. Mais rejoignez-moi au service funéraire et je vous expliquerai tout.
— Je serai là-bas dans une demi-heure tout au plus.
— Tu vois Tom, ce n'était pas aussi terrible que ça, après tout.
— Prépare-toi pour la douche. Car je doute qu'il soit heureux que tu lui aies cassé sa porte d'entrée.
— Voyons le côté positif de la chose, dès demain il aura une toute nouvelle porte.

Catarina attendit impatiemment avec Tom et ses collègues l'arrivée du directeur. Chaque minute qui passait leur parut des heures, et Catarina ne pouvait que regarder et voir l'heure passer. La journée venait juste de se terminer et une nouvelle allait commencer. Il ne lui restait plus que trois jours pour retrouver sa tante Gina en vie.

Tom et Guillaume voyaient l'inquiétude de Catarina augmenter, et pour l'apaiser un peu ils lui dirent que le directeur n'allait plus tarder.

Et tandis qu'ils tentaient de la rassurer, l'inspecteur Renoir arriva à son tour au service funéraire.

En voyant la porte en verre éparpillée en miettes sur le sol, il comprit immédiatement que c'était l'œuvre de Catarina. Se tournant vers l'un des policiers il lui demanda si la détective était déjà là.

— Elle est à l'intérieur avec Tom et Guillaume, ils attendent l'arrivée du directeur.

— D'accord, dès qu'il arrive vous nous l'envoyez.

Quand Catarina vit entrer quelqu'un, elle crut que c'était le directeur, et en voyant que c'était Simon, son impatience augmenta.

— Il y en a marre d'attendre, il avait dit une demi-heure, et on en est à trois quarts d'heure !

— Il ne va plus tarder, si tu veux je l'appelle et s'il est bloqué dans des embouteillages je lui envoie un véhicule avec gyrophare pour le ramener jusqu'ici.

— D'accord, tiens voilà le numéro.

Et alors qu'il allait appeler le directeur sur son portable, celui-ci entra en furie dans le service funéraire.

En le voyant aussi remonté, Catarina sortit de ses gonds et le prit par le col de sa chemise tout en le plaquant contre le mur. Surpris, il n'eut pas le temps de réagir, et la force que Catarina mit à le soulever de terre le remplit de terreur.

Guillaume et Simon tentèrent de lui faire lâcher prise, mais sans succès, jusqu'à ce que Tom vienne leur prêter main forte, et qu'il dise en hurlant :

— Catarina ! On a besoin de lui pour trouver la tombe de Madame Normand. Catarina ! Gina a besoin de toi !

En entendant le nom de Gina, tout à coup elle prit conscience de ce qu'elle faisait ; elle lâcha la chemise du directeur, ce qui eut pour effet de le faire tomber par terre de tout son poids. Guillaume et Simon lui tenaient les bras fermement tandis que Tom la tenait fermement par le torse.

— On peut te lâcher sans que tu lui sautes une nouvelle fois à la gorge ? demanda Simon.

— Oui, ça va aller.

Le directeur était par terre et tremblant de peur, car la force qu'elle avait mise à le soulever de terre lui faisait craindre le pire.

L'inspecteur Renoir, qui voulait calmer le jeu, demanda à Guillaume d'emmener Catarina prendre l'air, afin qu'elle puisse se calmer.

— Je vais bien Simon.

— J'en suis sûr, mais pour l'instant tu vas sortir et prendre l'air. Et je te conseille d'obtempérer si tu ne veux pas que je te passe les menottes et que je t'enferme dans une des voitures de patrouille qui sont à l'extérieur !

Le ton qu'il employa à l'instant était sec, et sans réplique possible. Catarina comprit qu'elle avait dû dépasser les bornes pour qu'il réagisse de la sorte. Et c'est à contrecœur qu'elle sortit avec Guillaume. Tandis que l'inspecteur Renoir commençait l'interrogatoire du directeur du service funéraire.

— Où était supposée être enterrée Madame Normand ?

— Mais qu'est-ce que vous avez tous à me demander la même chose ? dit-il partiellement remis de sa frayeur.

— Si je vous demande ça, c'est parce qu'on a trouvé le corps de Madame Normand à la faculté de médecine sur une table de travail.

— C'est impossible ! Elle a été enterrée au Père-Lachaise, je l'ai moi-même conduite dans sa dernière demeure !

— D'accord, dans ce cas vous venez avec nous au cimetière, et vous nous montrerez l'endroit exact où vous l'avez enterrée.

— Mais le cimetière est fermé à cette heure-ci !

— Nous ferons le mur s'il le faut, mais on entrera. Allez venez avec moi, car nous avons assez perdu de temps comme ça.

Simon sortit du service funéraire, tout en appelant le chef des pompiers qui était toujours au commissariat du 8ème arrondissement, pour lui demander d'envoyer un véhicule de pompiers, du matériel pour sortir un cercueil d'une tombe, ainsi qu'une unité de réanimation pour le cas où Gina se trouverait à l'intérieur du cercueil, et qu'elle aurait besoin d'assistance.

— Catarina, nous allons tous au cimetière du Père-Lachaise. Le directeur du service funéraire va nous conduire jusqu'à la tombe de Madame Normand. Un camion de pompiers et une équipe médicale nous attendront là-bas. Guillaume reste bien derrière moi, car j'ouvrirai la voie avec mon gyrophare.

— Ne t'en fais pas, je serai tellement collé à toi que personne ne s'immiscera entre nous.

Simon demanda à ce qu'une voiture de patrouille reste bien derrière Guillaume afin que personne ne vienne le séparer du convoi qu'ils formeraient.

Sitôt après les instructions de l'inspecteur, tous montèrent dans leur véhicule pour se rendre au Père-Lachaise. Ils laissèrent un véhicule devant le service funéraire, pour sécuriser les lieux et éviter ainsi que quelqu'un ne vienne le vandaliser, maintenant qu'il n'y avait plus de porte d'entrée. Arrivés sur place, ils trouvèrent la grille du cimetière grande ouverte, le service médical prêt à agir et les pompiers qui portaient tous un immense sac à dos.

En descendant de la voiture Catarina vit le capitaine des pompiers qui avait provisoirement repris son poste, ainsi qu'Anthony et ses deux camarades venus lui prêter main forte dans ses recherches.

Immédiatement l'inspecteur Renoir reprit les commandes en demandant au directeur de les conduire jusqu'à la tombe de Madame Normand.

— Elle est enterrée dans la 13ème division. Mais le problème c'est que je suis incapable de reconnaître l'endroit dans l'obscurité.

— Qu'à cela ne tienne, on va tout éclairer avec des spots.

À peine avait-il dit cela que deux énormes spots illuminèrent une bonne partie du cimetière.

— Et maintenant vous y voyez assez clair ? demanda l'inspecteur Renoir, quelque peu impatient.

— Heu, oui je crois.

— Bien, dans ce cas conduisez-nous jusqu'à elle.

Le directeur du service funéraire craignait de ne pas retrouver l'endroit, mais il savait que s'il ne les conduisait pas jusqu'à sa tombe, on l'inculperait de trafic de corps alors qu'il était innocent. Ils avancèrent lentement dans le cimetière et après une bonne demi-heure de recherches le directeur trouva enfin la tombe de Madame Normand.

— Bien, maintenant c'est à nous d'agir ! dit le capitaine des pompiers.

Catarina, Guillaume et tous les autres reculèrent pour laisser le champ libre aux pompiers.

Ils descellèrent et enlevèrent à plusieurs la pierre tombale, mais contrairement à ce qu'ils s'attendaient à trouver, aucune terre ne recouvrait le cercueil. Par contre à la place de la terre il y avait une très grande bouteille d'oxygène, identique à celle que possèdent les hôpitaux. En voyant ça, ils comprirent que Gina devait être dans le cercueil, et que le nécessaire avait été fait pour que la personne qui était enfermée à l'intérieur reste en vie durant plusieurs jours.

— Il va falloir qu'on monte le cercueil en même temps que la bouteille d'oxygène. Seulement nous allons avoir besoin d'aide Capitaine, jamais nous n'y arriverons à trois.

— Qui parle de trois, actuellement nous sommes dix et si on se sert de cet arbre comme d'une poulie, nous aurons moins d'efforts à fournir, dit Catarina. Il faudra que l'on place correctement une corde à chaque poignée et deux cordes sous le cercueil, et vu l'étroitesse du lieu, je suis la mieux placée pour le faire. On ne peut pas mettre de véhicule à côté de l'arbre, car il n'y a pas de place, mais on peut l'approcher au plus près d'environ cinq mètres.

— Oui, ça devrait le faire, répondit le capitaine des pompiers. Tu te sens capable de passer les sangles sous le cercueil ?

— L'idéal serait de soulever légèrement le cercueil par les poignées pour que je puisse passer les sangles par en dessous, comme ça on aurait plusieurs prises sur le cercueil. En les attachant toutes ensemble, on aura une meilleure stabilité, lorsqu'il sera hors du trou, et on aura plus qu'à le tirer vers nous, pour le poser au sol. Comme ça on pourra l'ouvrir sans risque d'explosion.

— C'est pour cette raison que vous ne voulez pas l'ouvrir dans le trou ? demanda le directeur du service funéraire.

— Avec la quantité d'oxygène qu'il y a dans le cercueil, on risque de tout faire sauter s'il y a la moindre étincelle, et de tuer la personne qui est dedans.

— Mais peut-être qu'elle a un masque et qu'il n'y a aucun risque.

— Comme nous ignorons ce qu'il en est on prendra les précautions d'usage.

— Mais on pourrait très bien attendre que les personnes du cimetière viennent sortir le cercueil de son trou !

— Nous ne savons pas dans quel état de santé se trouve la personne à l'intérieur, et notre travail est de l'aider au plus vite ! Pas de rester sans rien faire.

— Ça va ! Pas la peine de s'énerver, je donnais juste mon avis !

— Si tout le monde est prêt, nous allons commencer. Guillaume tu seras chargé de conduire une voiture jusqu'ici, prends celle qu'il te faudra. Anthony, tu vas t'occuper de sécuriser Catarina afin qu'elle puisse descendre jusqu'au cercueil, passer les cordes à travers les quatre poignées. Vous le soulèverez légèrement pour qu'elle puisse passer deux autres cordes par en dessous. Ensuite vous attacherez toutes les cordes ensemble pour garder le cercueil stable durant la montée. Il faudra aussi stabiliser la bouteille d'oxygène, et quand ce sera fait Anthony tu te chargeras de passer cette corde sur la branche la plus solide que tu trouveras car elle nous servira à hisser le cercueil plus facilement et dès que Guillaume sera là on attachera l'extrémité de la corde à l'arrière du véhicule.

Et alors qu'il s'apprêtait à commencer la manœuvre, ils virent Guillaume qui arrivait avec une voiture de patrouille.

— Guillaume est déjà là, donc on peut commencer.

Anthony fit descendre Catarina dans le trou, et au fur et à mesure ses collègues lui lancèrent les cordes afin qu'elle les passe dans les poignées, et lorsque ce fut fait elle leur relança les cordes. Catarina resta sur le cercueil pendant qu'Anthony attachait les cordes entre elles, avant de passer l'une d'elles par la branche de l'arbre le plus proche, et la plus susceptible de supporter un tel poids. Lorsque ce fut fait il attacha l'autre extrémité à l'arrière du véhicule de police, afin que Guillaume tire lentement la corde vers lui. Soulevant ainsi suffisamment le cercueil pour que Catarina puisse passer deux autres cordes sous le cercueil. Lorsque Tom récupéra les deux autres cordes, Anthony hissa Catarina hors du trou, et passa ses deux autres cordes aux quatre premières déjà stabilisées.

La voiture de patrouille patinait sur le pavé, aussi n'eurent-ils d'autre choix que de tirer tous ensemble sur la corde pour lui permettre de hisser le cercueil. Et tandis qu'ils remontaient lentement le cercueil du trou, Catarina quant à elle stabilisait comme elle le pouvait le cercueil durant la montée ; et alors qu'il était à hauteur du sol, le nœud d'attache lâcha et tous furent tirés vers l'avant ; le cercueil serait sans aucun doute retombé dans le trou si Catarina n'avait pesé de tout son poids sur le cercueil pour qu'il se mette en travers, l'empêchant ainsi de retomber dans le trou. Seulement la bouteille d'oxygène n'étant plus stabilisée elle roula sur le côté et ne fut arrêtée dans sa chute que parce que l'arrière vint se planter dans le sol, tandis que l'avant était attaché aux cordes du cercueil. Pour l'empêcher de tomber dans le trou, Catarina n'eut d'autre choix que de sauter sur le cercueil et de tirer de toutes ses forces sur les cordes qui maintenaient la bouteille d'oxygène.

— Venez m'aider ! Je ne vais pas tenir très longtemps !

Anthony et Tom lâchèrent la corde et coururent lui prêter main forte. Comme ils purent ils hissèrent la bouteille d'oxygène sur le cercueil. Et le capitaine des pompiers s'activa avec deux de ses hommes pour enlever les boulons qui maintenaient le cercueil fermé. Lorsque tous furent enlevés, il demanda à Tom et à Anthony de se tenir prêts à enlever la bouteille d'oxygène dès que Catarina aurait coupé le tuyau d'arrivée en caoutchouc. Une fois l'oxygène supprimé il faudrait faire très vite pour ouvrir le cercueil, et ventiler tante Gina à nouveau, avant de la conduire aux urgences.

— Vous êtes tous prêts ? demanda-t-il en les regardant les uns après les autres.

— Oui ! répondirent-ils tous en chœur.

— Bien, dans ce cas Catarina coupe le tuyau ! Anthony et toi Tom enlevez la bouteille d'oxygène, et les autres soulevez avec moi le couvercle.

Une fois le couvercle enlevé ils découvrirent Gina inconsciente avec un masque d'oxygène sur le visage maintenu à la tête par des bandes élastiques.

Immédiatement les pompiers le lui retirèrent. Et avant même de la sortir du cercueil, ils contrôlèrent son pouls et sa respiration.

— Elle va bien, vu les circonstances, sa tension est basse, mais ses poumons et son cœur vont bien. Elle souffre de déshydratation parce que cela fait plusieurs jours qu'elle ne boit pas. Mais dès qu'elle sera sous perfusion, ses constantes remonteront. Une chose est sûre, elle a été droguée, c'est sans doute ça qui l'a empêchée de se débattre alors qu'elle était enfermée vivante dans un cercueil. Sans ça elle serait peut-être déjà morte à l'heure qu'il est. Son cœur bat lentement mais régulièrement, il a tout fait pour la maintenir en vie. Maintenant qu'on sait que ses constantes sont bonnes, on peut la conduire à l'hôpital de la Salpêtrière.

Anthony et ses camarades soulevèrent délicatement Gina de son cercueil, pour la poser sur le brancard qu'ils avaient amené. Après avoir attaché les sangles pour l'empêcher de tomber durant le transport, ils la conduisirent jusqu'au camion de pompiers et toute sirène hurlante la conduisirent à l'hôpital de la Salpêtrière.

L'inspecteur Renoir s'approcha de Catarina et lui dit :

— C'est du bon travail Catarina, tu l'as sauvée !

— Non Simon, nous l'avons tous sauvée, mais tout n'est pas terminé, pas tant que je n'aurais pas arrêté le Fossoyeur.

— Catarina, de toutes les personnes qui travaillent sur l'affaire du Fossoyeur, tu es la seule à avoir réussi à trouver une de ses victimes et en plus en vie ! Tu te rends compte de ce que ça signifie !

— Simon, tant que je ne l'aurai pas arrêté il recommencera et cette fois-ci, nous n'aurons pas autant de chance. Il m'a donné sept jours pour retrouver ma tante en vie, ce qui veut dire que j'ai trois jours devant moi pour l'appréhender. En retrouvant Gina on a compris sa manière d'opérer et on sait dorénavant comment faire pour mettre la main sur les quatorze autres victimes.

Je vais aller rejoindre tante Gina à l'hôpital et après je retournerai au QG pour continuer l'enquête.

Simon savait qu'elle avait raison, mais il ne voyait pas comment elle réussirait là où ils avaient tous échoué.

— On se retrouvera là-bas dans quelques heures.

Et avant de monter en voiture avec Guillaume, elle se tourna vers toutes les personnes présentes pour leur dire :

— Merci mes amis, grâce à vous j'ai retrouvé Gina en vie, mais je n'arrêterai pas pour autant les recherches, car je dois impérativement arrêter le Fossoyeur avant qu'il ne fasse de nouvelles victimes.

Et s'adressant au directeur du service funéraire, elle dit :

— Je vous rembourserai la porte vitrée que j'ai cassée, vous n'aurez qu'à envoyer la facture à l'adresse qui figure sur ma carte de visite, que voici.

— Ce ne sera pas la peine, car en agissant de la sorte vous avez sauvé la vie d'une femme, et vous m'avez disculpé par la même occasion. La seule chose que je voudrais c'est pouvoir remettre Madame Normand dans son cercueil. Et serait-il possible que ce qui est arrivé cette nuit reste entre nous ? Sans quoi je risque de faire faillite.

— En ce qui me concerne, votre aide nous a permis de retrouver ma tante en vie, et c'est ce que je dirai aux journalistes si d'aventure ils venaient à m'interroger sur cette affaire. Je dois partir à présent, au revoir mes amis et à tout à l'heure au QG.

Catarina appela son oncle Paolo pendant que Guillaume la conduisait à l'hôpital de la Salpêtrière.

— Allô !

— Oncle Paolo ! Nous avons retrouvé tante Gina, elle est en vie, Anthony l'emmène actuellement à l'hôpital de la Salpêtrière. Je me rends là-bas avec Guillaume, et dès que je connaîtrai sa chambre, je t'en informerai. À tout à l'heure oncle Paolo.

Guillaume conduisit plus décontracté et heureux depuis qu'il avait sauvé Gina. Car il la savait à présent entre de bonnes mains, et en parfaite sécurité.

— Catarina, que vas-tu faire lorsque ton oncle et ta tante seront réunis ?

— Reprendre les recherches et contacter tous les inspecteurs qui se sont occupés des dossiers du Fossoyeur, pour leur dire comment retrouver ses victimes disparues. De toute façon j'ai bien l'intention de vérifier les faits, avec les deux autres victimes qui ont disparu sur Paris.

— Et si tu les retrouves ?

— Cela démontrera que mon hypothèse était bonne, et nous pourrons alors prévenir tous les inspecteurs de notre découverte, afin qu'ils fassent de leur côté la même chose que nous.

Et tandis qu'ils parlaient, ils ne virent pas le temps passer, si bien qu'en moins de temps qu'il n'en faut pour le dire, ils étaient arrivés à l'hôpital.

Guillaume laissa Catarina devant l'entrée des urgences avant d'aller se garer dans le parking de l'hôpital.

À peine était-elle descendue du véhicule que le capitaine des pompiers vint à sa rencontre.

— Comment va tante Gina ?

— Elle va bien ne t'en fais pas. Actuellement les médecins sont auprès d'elle. Ses constantes sont bonnes malgré son inconscience.

Au même instant ses hommes ressortaient des urgences avec leur brancard.

Catarina s'adressa au capitaine des pompiers et à ses hommes pour les remercier de l'avoir aidée à sauver la vie de sa tante.

— Catarina, qu'as-tu l'intention de faire à présent ? demanda le capitaine des pompiers.

— Continuer mon enquête, car tant que je n'aurai pas retrouvé et arrêté le Fossoyeur, tante Gina sera toujours en danger. Mais j'ai encore trois jours devant moi pour le faire.

— D'accord, nous continuerons les recherches avec toi, mais tu devrais aller te reposer quelques heures dans ce cas.

— Je vais y aller dès que j'aurai des nouvelles de tante Gina. Simon ne devrait plus tarder à arriver, et il se chargera de mettre au point sa sécurité.

— D'accord, dans ce cas nous nous retrouverons tous tout à l'heure au QG, pour faire un topo de la situation.

Avant de partir à la caserne avec ses camarades, Anthony embrassa tendrement Catarina tout en lui recommandant de dormir quelques heures avant de reprendre les recherches.

Le fait d'avoir retrouvé Gina en vie était un immense soulagement pour Catarina, car dorénavant elle pouvait se plonger dans son enquête sans avoir cette inquiétude au fond de son cœur. C'était comme si tout à coup un voile se levait, et qu'elle pouvait enfin respirer et voir les choses avec plus de lucidité. Elle savait que les 24 dernières heures l'avait rapprochée du Fossoyeur, car en retrouvant Gina, elle avait trouvé la clef pour arriver jusqu'aux quatorze autres victimes. Et elle avait bien l'intention de mettre ses découvertes à profit pour retrouver les deux autres victimes de Paris, lorsqu'elle retournerait au QG. Et tandis qu'elle réfléchissait à ce qu'elle allait faire, son oncle Paolo franchit en courant la porte des urgences.

— Catarina !

— Elle va bien ! dit-elle en le prenant dans ses bras. Elle est toujours endormie, mais tout se passe bien. D'ici quelques heures, lorsqu'elle sera réveillée, ils la monteront dans une chambre.

— Tu as réussi à la voir ?

— Pas depuis qu'on l'a retrouvée. Oncle Paolo, même si tante Gina est en sécurité à présent je continue mon enquête, car elle ne sera réellement hors de danger que lorsque j'aurai appréhendé le Fossoyeur.

— Je sais. Et dès que je l'aurai vue j'irai t'aider.

— Tu n'es pas obligé oncle Paolo, car tu m'as plus qu'aidée jusqu'à présent.

— D'accord, dans ce cas qui fera à manger à ton équipe de recherches, qui récoltera toutes les informations qu'elle aura trouvées ?

— C'est bon, fais comme tu voudras.

— Je vous ai apporté deux cafés, car la nuit sera longue, et quelque chose de chaud vous fera le plus grand bien.

— Merci Guillaume, dit Catarina. Allons donc nous asseoir dans un coin de la salle d'attente des urgences.

Ils attendirent trois longues et interminables heures avant qu'un médecin ne daigne leur donner des nouvelles de Gina.

— Elle est réhydratée, et ses constantes sont remontées. D'ici une heure tout au plus on la montera dans une chambre adjacente à celle des autres victimes du Fossoyeur.

— Docteur, pourrions-nous la voir, ne serait-ce que cinq minutes ?

— Je regrette, mais c'est impossible tant qu'elle est en soins intensifs. Par contre lorsqu'on la montera dans sa chambre, on utilisera l'ascenseur qui est en face, vous pourrez alors la voir là-bas. Je vous préviendrai le moment venu.

— Merci docteur.

Tranquillisés par ce que venait de leur dire le médecin, Catarina, Paolo et Guillaume retournèrent s'asseoir.

Et comme promis, une heure plus tard, il vint les trouver afin qu'ils voient quelques instants Gina devant l'ascenseur.

— Vous savez dans quelle chambre elle va être conduite ?

— Elle sera dans la chambre adjacente à celle de la mère et de ses deux enfants.

— Oui, je vois de quelle chambre il s'agit. Avez-vous réussi à savoir quelle drogue le Fossoyeur lui a fait prendre ?

— Des barbituriques, mais c'est tout ce que je peux vous dire actuellement.

Après avoir vu tante Gina quelques instants, Catarina, Guillaume et Paolo retournèrent à la maison dormir quelques heures avant de reprendre les recherches.

Chapitre 9
L'étau se resserre autour du Fossoyeur

Lorsque Catarina et Guillaume se réveillèrent après trois heures de sommeil, Paolo leur avait déjà préparé un copieux petit déjeuner, afin qu'ils puissent commencer leurs recherches dans de bonnes conditions. Sitôt après il était descendu ouvrir le restaurant pour accueillir l'équipe de recherches comme chaque matin depuis cinq jours.

Arrivé devant la porte arrière du restaurant il trouva une autre lettre clouée à la porte avec un couteau. Cette lettre, tout comme la première, était adressée à Catarina. Et avant même que Paolo ne voie la signature, il sut que c'était le Fossoyeur qui l'avait écrite. Et son sang ne fit qu'un tour dans ses veines. Mais contrairement à la première fois, il retrouva très vite ses esprits, car il savait Gina en sécurité. Il enleva le couteau de la porte, et lut tranquillement la lettre qui avait été laissée :

Bonjour détective Maty H,
Je vois que je ne me suis pas trompé sur votre compte, et je m'en réjouis.
J'ai enfin une adversaire à ma hauteur en face de moi.

Il ne vous reste plus que trois jours de recherches pour me trouver, avant qu'une nouvelle victime ne s'ajoute à ma liste.

À bientôt pour ce face-à-face, d'où seul l'un d'entre nous sortira vainqueur.

Le Fossoyeur au masque d'argent.

Après avoir lu la lettre, il regarda autour de lui, mais ne vit personne. Pas un bruit dans les parages qui puisse faire penser le contraire. Il s'assura que personne n'était caché à l'intérieur. Et lorsqu'il vit que c'était vraiment le cas, il alla ouvrir le restaurant comme chaque matin.

Il mit la lettre de côté, prépara le repas et attendit tranquillement que Catarina et Guillaume le retrouvent au restaurant.

— Bonjour oncle Paolo, comment vas-tu aujourd'hui ?

— Beaucoup mieux depuis que vous avez retrouvé Gina.

— Quelqu'un est déjà arrivé ce matin ?

— Non, vous êtes les premiers, si je puis dire.

— Pourquoi dis-tu ça ? demanda Catarina.

— Parce que le Fossoyeur a laissé une lettre pour toi. Il l'a clouée à la porte arrière du restaurant, tout comme la première fois. Tiens la voilà.

Catarina prit la lettre que son oncle lui tendait et la lut à voix haute.

— Je suppose que tu n'as vu personne dans les parages ?

— Non, il n'y avait personne, je suis même allé vérifier qu'il n'était pas caché dans la loge, comme il l'avait déjà fait lors de l'enlèvement de ta tante. Mais cette fois-ci elle était vide.

— Ce n'est pas grave oncle Paolo, je savais de toute façon qu'il me surveillait. Par contre la prochaine fois que tu trouves une lettre du Fossoyeur, tu m'appelles immédiatement et tu ne vas pas le chercher tout seul ! Nous avons déjà eu assez de mal à retrouver tante Gina saine et sauve pour lui permettre en plus de s'en prendre à toi. Dès que Paul sera là, nous lui confierons la lettre et le poignard que le Fossoyeur a laissés à mon attention.

— Par où vas-tu commencer tes recherches ?

— Si je me base sur ce qui est arrivé à tante Gina, je dirais qu'il enterre ses victimes le 3ème jour de leur enlèvement. Et donc en partant de cette découverte nous orienterons nos recherches sur les dons de corps arrivés aux facultés de médecine dans la nuit du 3ème au 4ème jour qui a suivi leur disparition. Il faut que l'on contacte les inspecteurs chargés de cette affaire, afin qu'ils commencent leurs recherches du côté des facultés de médecine qui s'occupent des dons de corps les plus proches du lieu d'habitation de chacune des victimes.

Ils doivent contacter tous les hôpitaux ou facultés de médecine de la région pour s'assurer qu'ils n'ont pas reçu de corps provenant de la faculté de médecine qui réceptionne les dons de corps. Si l'un d'entre eux confirme avoir reçu un corps durant la nuit provenant de leur établissement, ils auront alors un nom et une photo de la victime que le Fossoyeur a exhumée. Le nom sera sans doute faux, mais ils auront au moins la photo du défunt, que la faculté de médecine aura prise à l'arrivée du corps.

Après avoir récupéré la photo ils n'auront plus qu'à la présenter à tous les services funéraires de la ville, jusqu'à trouver celui qui s'est occupé de l'enterrement. Ils obtiendront ainsi la véritable identité du défunt, et l'emplacement de sa tombe. À ce moment-là, ils n'auront plus qu'à demander au juge un permis d'exhumer pour sortir du cercueil la victime du Fossoyeur.

Je vais faire un tableau pour leur faciliter la tâche, ensuite ce sera à eux d'agir. Quant à nous, nous nous chargerons des deux victimes que le Fossoyeur a faites sur Paris.

Liste des victimes	Date d'enlèvement	Faculté de médecine de dons de corps	Corps exhumé par le Fossoyeur, date d'arrivée
1ère	18/01/2010	10 boulevard Tonnelle 37032 Tours	21/01/2010
2ème	25/05/2010	10 boulevard Tonnelle 37032 Tours	28/05/2010
3ème	22/02/2011	6 rue de la Miletrie BP199	25/02/2011

		86034 Poitiers Cedex	
4ème	17/09/2011	6 rue de la Miletrie BP199 86034 Poitiers Cedex	20/09/2011
5ème	10/04/2012	1 place de Verdun 59045 Lille Cedex	13/04/2012
6ème	05/08/2012	1 place de Verdun 59045 Lille Cedex	08/08/2012
7ème	12/03/2013	146 rue Léo Saignât 33000 Bordeaux	15/03/2013
8ème	03/07/2013	146 rue Léo Saignât 33000 Bordeaux	06/07/2013
9ème	09/02/2014	133, route de Narbonne 31000 Toulouse	12/02/2014

10ème	07/05/2014	133, route de Narbonne 31000 Toulouse	10/05/2014
11ème	02/05/2015	10 boulevard Tonnelle 37032 Tours	05/05/2015
12ème	24/10/2015	10 boulevard Tonnelle 37032 Tours	27/10/2015
13ème	01/01/2016	45 rue des Saints-Pères 75006 Paris	04/01/2016
14ème	02/03/2016	45 rue des Saints-Pères 75006 Paris	05/03/2016
15ème	25/06/2016	45 rue des Saints-Pères 75006 Paris	28/06/2016

— Voilà la liste est terminée, dès que nos amis arriveront ils se chargeront de prévenir tout le monde. Et quand Paul sera là nous ferons le point sur nos recherches.

— Je vois qu'on m'attend comme le messie !

En entendant cette voix Paolo et Catarina se tournèrent vers la porte arrière du restaurant, pour découvrir Paul dans l'encadrement de la porte.

— Paul ! Ça fait plaisir de te voir de si bon matin, dit Catarina en souriant.

— On m'a raconté tes exploits d'hier soir. Et je suis vraiment heureux pour toi.

— Merci Paul, mais sans ton aide et celui de l'équipe de recherches, jamais je n'y serais arrivée. De toute façon, je continue les recherches jusqu'à arrêter cette ordure. J'ai trois jours pour le faire avant qu'il ne fasse une nouvelle victime. Et je n'ai pas l'intention de le laisser faire sans réagir.

— Et pourquoi crois-tu qu'il fera une telle chose ?

— Parce qu'il a eu l'amabilité de me l'écrire pardi ! Tiens, j'ai justement ces deux choses à te donner pour ton équipe scientifique.

En voyant la lettre du Fossoyeur et le poignard, son visage changea d'expression.

— Je vais mettre tout de suite des policiers en faction dans le restaurant.

— Tu sais Paul, vu le nombre de policiers dans l'équipe de recherches, je doute qu'il s'en prenne à oncle Paolo. Mais si tu veux en mettre un de plus, vas-y. Je viens de finir la liste des victimes avec les dates où elles ont dû être enterrées par le Fossoyeur. Et dès que toute l'équipe de recherches sera là, elle se chargera de prévenir les inspecteurs qui se sont occupés de cette affaire. Ensuite ce sera à eux de continuer les recherches, je leur écrirai un mot pour leur expliquer tout le processus. De notre côté, nous appliquerons cette théorie aux deux victimes que le Fossoyeur a faites sur Paris. Je sais déjà qu'elles ont toutes deux été transportées à la faculté de médecine Paris Descartes.

— Et comment as-tu découvert ça ?

— Tout simplement en vérifiant les signatures sur le cahier de livraison des corps.

— Ce qui veut dire que tu as la date exacte de chaque exhumation ?

— Oui, du moins c'est ce que je crois. Nous n'avons plus qu'à récupérer la photo qu'ils ont prise à l'arrivée du corps. Nous en ferons des copies qu'on distribuera à toute l'équipe de recherches afin qu'elle nous aide à localiser le plus vite possible le service funéraire qui s'est occupé d'elles.

— Je dois bien le reconnaître, en quelques jours tu as découvert plus que nous tous en sept ans.

— Je ne suis pas d'accord avec toi Paul, car sans votre aide à tous, j'en serais toujours à faire le tour des hôpitaux.

— Franchement Catarina, depuis que je travaille pour la police, je n'ai jamais vu se former une équipe de recherches aussi importante, et surtout instantanément.

— J'en suis consciente. Et de ton côté Paul qu'as-tu découvert ?

— Pas grand-chose à vrai dire, on a déjà fait toutes les casses possibles sans le moindre succès. Je dois à présent m'attaquer aux différents garages, et j'en ai au moins pour deux jours.

— À moins que l'on te décharge d'une partie.

— Ma foi, ce ne serait pas de refus.

— Mais j'y pense, il y a encore une troisième voie à explorer !

— Une troisième voie ? Et je peux savoir à quoi tu penses ?

— La fourrière ?

— Non, ce n'est pas possible, on travaille avec eux !

— Je n'ai pas dit que ce soit le cas, juste qu'il ne faut pas éliminer cette hypothèse tout de suite, sans l'avoir auparavant vérifiée.

— De toute façon, en admettant que tu aies raison, ils n'ont pas les clefs des véhicules.

— Ils n'en ont pas besoin, puisqu'il sait comment les voler.

— D'accord, nous suivrons aussi cette piste.

— Je vais regarder de plus près le CV de chaque victime, peut-être y trouverai-je un point commun. Et ensuite j'irai récupérer les photos des deux corps que le Fossoyeur a amenés à la faculté de médecine Paris Descartes. J'en ferai des copies que je donnerai à chaque membre de l'équipe. On se répartira les différentes adresses des services funéraires et funérariums de la ville. Et avec un peu de chance on trouvera peut-être quelque chose avant la fin de la journée.

Catarina venait tout juste d'exposer son plan à Paul, quand l'équipe de recherches fit son entrée au restaurant. Ignorant ce qui était arrivé la veille, elle venait comme chaque jour trouver Catarina pour qu'elle lui donne son ordre de mission.

Catarina leur servit le petit déjeuner et attendit que tout le monde soit présent pour annoncer la bonne nouvelle.

— Mes amis, j'ai quelque chose à vous dire ! Hier soir grâce à vous tous on a réussi à retrouver tante Gina en vie. Elle est actuellement à l'hôpital de la Salpêtrière en soins intensifs.

En entendant la nouvelle une liesse de joie s'éleva au même instant dans le restaurant.

— Oui, c'est un grand jour, seulement voilà tout n'est pas fini. J'ai reçu une nouvelle lettre du Fossoyeur me donnant trois jours pour le retrouver avant qu'il ne s'en prenne à quelqu'un d'autre. Je comprendrais parfaitement que vous vouliez tout arrêter à présent et rentrer chez vous. Mais voilà, jamais je n'arriverai à l'arrêter en trois jours toute seule ! Pour réussir à l'attraper, j'ai besoin de votre aide.

Ils se regardèrent les uns les autres, discutèrent entre eux et décidèrent d'un commun accord de rester encore trois jours pour l'épauler dans ses recherches.

— Catarina, nous resterons avec toi pour t'aider à arrêter cet homme, afin qu'il ne fasse plus de mal à personne.

— Merci mes amis ! Je n'en attendais pas moins de votre part. Lorsque tout sera fini, et que tante Gina sera de retour dans son restaurant, nous nous réunirons à nouveau pour célébrer nos retrouvailles et son retour à la maison.

— Nous reviendrons tous avec plaisir ! dirent-ils en chœur. Catarina que veux-tu que nous fassions aujourd'hui ?

— Tout d'abord je vais prendre et étudier toutes vos notes, afin de trouver un point commun entre elles. Et pendant que je fais ça, j'aurais besoin que vous vous chargiez de vérifier toute une liste de garages. Il faudrait s'assurer qu'il n'y a pas dans l'un d'entre eux une ambulance, un corbillard, une voiture de livraison des chocolats Jeff de Bruges, et une fourgonnette de la poste. Si jamais ils ont ces véhicules dans leur établissement, vous leur présentez le portrait-robot du Fossoyeur. Et s'ils vous disent qu'ils le connaissent, ou qu'il travaille sur place, vous vous éloignez de l'établissement et vous nous appelez immédiatement.

Et s'adressant à l'inspecteur Renoir, elle demanda des nouvelles de sa tante.

— Elle est toujours en soins intensifs, mais un de mes hommes est actuellement en train de surveiller la porte de sa chambre.

— Et toi Anthony, qu'as-tu découvert ?

— Pas grand-chose à vrai dire, si ce n'est que tout était fermé à clef lorsqu'ils sont intervenus. Il m'a dit avoir trouvé étrange qu'une autre équipe médicale de sapeurs-pompiers soit garée non loin de là. Alors qu'ils étaient supposés être les seuls sur place. Ils se sont dit que c'était peut-être un collègue qui était en service dans le bâtiment.

— Ce qui veut dire qu'il dispose aussi d'un véhicule de pompiers.

— Mais c'est impossible ! répondit l'inspecteur Renoir. D'après ce que j'ai compris, vous réparez vous-mêmes vos véhicules de service ?

— Si nous ne les réparons pas, nous disposons de nos propres ateliers où tous les véhicules des sapeurs-pompiers de Paris sont amenés pour réparation.

— Dans ce cas ils auraient remarqué tout de suite si l'un d'entre eux avait disparu.

— C'est ce que je crois.

— Alors comment aurait-il pu avoir accès à une voiture de service... à moins que...

— À moins que quoi ?

— Que faites-vous de vos vieux véhicules lorsque vous en achetez des nouveaux ? demanda Catarina au capitaine des pompiers.

— Il arrive qu'on les vende aux enchères, et l'argent de la vente va dans la caisse des orphelins des pompiers morts en service.

— Je suppose que vous avez une liste avec le nom de chaque acheteur ?

— Oui.

— Il faudrait donner la liste à Paul, afin qu'il vérifie si l'un d'eux n'aurait pas un casier judiciaire. Et surtout vérifier que ces véhicules sont toujours en leur possession.

Et se tournant vers Paul, elle lui demanda son avis.

— Ma foi ton hypothèse n'est pas dépourvue d'intérêt, je contrôlerai la liste de tous les acheteurs que vous me donnerez. Et je me charge dès à présent de contacter tous les inspecteurs qui ont suivi le dossier du Fossoyeur. Je leur faxerai ton tableau ainsi que la lettre que tu vas leur écrire, répondit Paul.

Alors qu'Anthony et ses compagnons se chargeaient de récupérer la photo des corps que le Fossoyeur avait livrés à la faculté de médecine Paris Descartes, Catarina et Guillaume donnèrent plusieurs adresses de garages au reste de l'équipe.

Et avant de commencer ses recherches, chacun donna à Catarina tout ce qu'il avait découvert sur chaque victime.

Catarina examina chaque CV méticuleusement. Elle éplucha chaque année, depuis leur naissance jusqu'à leur enlèvement par le Fossoyeur.

Les points différaient toujours ; jusqu'à ce qu'elle tombe sur le terme « juré » dans un procès criminel.

Le même terme apparaissait chez les 14 victimes et cela avait eu lieu il y a très exactement 7 ans, à une époque où elles vivaient toutes en région parisienne et proche banlieue. Convaincue que ça devait être le point commun qu'ils recherchaient depuis le début de leur enquête, elle prit note de la date approximative du procès, afin d'aller en vérifier aux archives du tribunal de grande instance les premières lignes.

Et tandis qu'elle se rendait au palais de justice de Paris avec Guillaume, les recherches battaient leur plein.

Anthony et ses collègues allèrent chercher les photos des deux corps que le Fossoyeur avait amenés à la faculté de médecine Paris Descartes.

Après les avoir prises en photo avec son portable, il les envoya à chaque membre de l'équipe. Dès que ce fut fait, ils se séparèrent pour mieux couvrir en peu de temps tous les services funéraires, et alors qu'ils pensaient avoir fait fausse, route Anthony entra au service funéraire du 3ème arrondissement « Une Aube Nouvelle ».

— Bonjour madame, je suis pompier de Paris, et je cherche l'établissement funéraire qui se serait chargé des dépouilles de cet homme et de cette femme.

— Mais ! Qu'est-ce que vous faites avec une photo de nos défunts ?

— C'est bien vous qui vous êtes chargés de ces deux corps ?

— Bien sûr !

— Pourriez-vous me dire à quel endroit très exactement ils sont supposés être enterrés ?

— Mais pourquoi voulez-vous cette information ?

— Parce que ces deux victimes ont été données à la faculté de médecine Paris Descartes.

— C'est impossible ! Ces deux personnes ont été ensevelies au cimetière du Père-Lachaise.

— Pourriez-vous m'indiquer l'endroit exact ?

— Je regrette, mais je ne peux pas vous donner cette information sans mandat.

— D'accord, vous aurez votre mandat d'ici quelques heures. Ainsi que la publicité négative que ça engendrera. Car perdre des défunts ne vous fera pas une très bonne réputation.

— Mais nous n'avons rien perdu !

— C'est ce que vous croyez. Mais vous aurez une mauvaise surprise lorsqu'on aura exhumé les corps.

Sur ce, Anthony appela Simon pour lui dire qu'il avait localisé le service funéraire qui était chargé d'enterrer ces deux corps. Mais qu'il refusait de lui dévoiler la véritable identité des deux défunts.

— Pas de problème, tu l'auras d'ici une heure tout au plus.

— Comment s'appelle le service funéraire qui s'est occupé de ces deux personnes ?

— Une « Aube Nouvelle ».

— D'accord, je vais chercher le mandat et je te rejoins juste après.

Aussitôt après avoir raccroché, Simon alla trouver le juge au palais de justice pour avoir un mandat d'exhumation pour les deux corps que le service funéraire « Une Aube Nouvelle » avait ensevelis. Sitôt le mandat en main il appela l'institut médico-légal de Paris, pour prévenir de l'arrivée imminente de deux corps. Et il se rendit au service funéraire avec deux véhicules de police ainsi que la police scientifique.

— Bonjour, je suis l'inspecteur Simon Renoir et j'ai un mandat de perquisition pour prendre les documents relatifs aux deux personnes qui figurent sur les photos que vous a montrées cet homme. Je veux connaître l'emplacement exact de leur tombe ! Les services de l'institut médico-légal de Paris viendront chercher les corps une fois exhumés. Alors, ces documents ?

Le directeur du service funéraire lut le mandat que Simon lui tendait, et sitôt après alla chercher dans ses archives les dossiers correspondant à ces deux personnes.

— Merci, et où sont-ils enterrés ?

— Madame Samantha Brocat est dans la 7ème section, et Monsieur Henri Santhos est dans la 5ème section. Et tous deux sont enterrés au cimetière du Père-Lachaise.

— Bien, dans ce cas, j'emporte ces dossiers au commissariat du 8ème arrondissement.

— Lorsque tout sera terminé, je pourrai les récupérer pour les archiver ?

— Vous n'aurez qu'à faire une demande au juge.

— Bien, il est temps pour nous de partir ! Anthony, nous allons à présent nous rendre au cimetière du Père-Lachaise et lorsque nous serons là-bas, nous demanderons à ce que le personnel du cimetière remonte les deux cercueils afin qu'ils puissent être transportés à l'institut médico-légal.

Anthony, appelle Paolo et dis-lui ce que nous allons faire afin qu'il prévienne les équipes qui interrogent les services funéraires d'arrêter leurs recherches, et qu'elles aillent prêter main forte à ceux qui font le tour des casses et des fourrières, pour les interroger sur la présence dans leur établissement des divers véhicules recherchés.

Pendant ce temps, je préviens le personnel du Père-Lachaise de notre arrivée, afin qu'il installe tout l'équipement nécessaire.

Peu après tous deux s'en allèrent en direction du cimetière.

Une fois sur place, ils se rendirent directement dans les bureaux du personnel où Simon leur présenta le papier d'exhumation des deux corps que le juge avait signé. Et c'est alors que le responsable lui demanda assez mécontent :

— Vous avez encore l'intention de forcer les portes du cimetière ?

— Pas si j'ai votre numéro de téléphone, répondit Simon tout aussi sèchement. Et pour votre gouverne, en agissant de la sorte nous avons sauvé la vie d'une femme !

— Oui, c'est ce que j'ai appris.

— Bien, à présent conduisez-nous auprès des deux tombes qui nous intéressent.

— Mes hommes sont déjà sur place, ils n'attendent que mon ordre pour remonter les cercueils.

— Parfait ! Je suppose que les véhicules de l'institut médico-légal sont déjà sur place ?

— Oui, ils sont arrivés peu avant vous.

Le directeur conduisit Simon et Anthony dans son petit véhicule de fonction, jusqu'à la tombe de Samantha Brocat, où le responsable donna l'ordre d'exhumer le corps. Une fois le cercueil hors du trou, il fut installé dans le premier véhicule mortuaire et conduit à l'institut médico-légal, une fois que la police scientifique avait relevé toutes les empreintes sur le cercueil. Ensuite ils se rendirent sur la tombe d'Henri Santhos, où le responsable du cimetière donna pour la deuxième fois l'ordre d'exhumer le corps. Une fois le cercueil hors du trou, il fut à son tour transporté à l'institut médico-légal.

Simon prévint le responsable du cimetière que la police scientifique resterait sur place pour relever tous les indices qui pourraient leur être utiles pour l'enquête.

Ensuite il prit congé de la police scientifique et demanda à ce qu'un policier reste en faction devant les tombes tant qu'ils n'auraient pas terminé leurs relevés. Et sitôt après ils se rendirent à l'institut médico-légal pour s'assurer que leur hypothèse était exacte.

En arrivant sur place ils retrouvèrent le médecin légiste Sami Guillet.

— Je vois que tu m'as amené plus de travail, tu as sûrement cru que j'en manquais ?

— À vrai dire, j'avais un doute, dit Simon amicalement.

— Ton amie a-t-elle retrouvé sa tante ?

— Oui, elle est actuellement à l'hôpital, et son pronostic vital n'est plus engagé. Elle va sûrement rester plusieurs jours en observation, mais ça devrait aller.

— Et qui m'amènes-tu aujourd'hui ?

— D'après notre hypothèse, il y a dans ces deux cercueils les deux dernières victimes du Fossoyeur.

— Et quand ont-elles été enterrées ?

— Le 4 janvier 2016 pour l'une et le 2 mars 2016 pour l'autre.

— Ce qui veut dire qu'elles sont dans un état de décomposition assez avancée.

— J'en ai peur.

— Bien ! Dans ce cas allons vérifier ton hypothèse.

Ils entrèrent dans la salle d'autopsie.

— Bien, ouvrons en premier le cercueil où est supposée se trouver Samantha Brocat. Et voyons qui se trouve à l'intérieur.

En ouvrant le cercueil une odeur pestilentielle se dégagea, et un corps gonflé et en décomposition apparut.

En regardant de plus près à l'intérieur du cercueil, ils comprirent tout de suite que la personne qui avait pris la place de Samantha Brocat avait été enterrée vivante. Le tissu du cercueil avait été arraché et déchiré, et le bois était griffé et couvert de sang avec des morceaux d'ongles incrustés à l'intérieur.

— Il a enterré sa victime vivante, sans aucune chance de survie. Comme s'il voulait lui faire payer quelque chose.

— Sami, tu peux me dire de qui il s'agit ?

— On va le sortir du cercueil, et je te donnerai alors plus d'informations à son sujet.

Le médecin légiste demanda l'aide de ses collaborateurs pour sortir le corps du cercueil. Elle lui enleva les vêtements, qui étaient humides à cause de la décomposition, et les mit dans un sac plastique pour que la police scientifique puisse récupérer quelques indices.

— Bon commençons donc l'autopsie ! Vous pouvez attendre dans la salle d'attente que j'aie fini, et je vous y retrouverai d'ici une bonne heure et demie, à moins que vous n'ayez autre chose à faire, auquel cas vous n'aurez qu'à repasser pour récupérer le résultat d'autopsie.

— Non, nous allons attendre car la suite des événements dépendra de ce qu'on découvrira ici. Si l'autopsie des deux corps prouve que nous sommes bien en présence de Marcus Varin et de Marc Courtois, alors cela veut dire que l'on peut dès à présent retrouver les 12 autres victimes du Fossoyeur. Nous avons leur ADN dans notre registre de données.

Après être sortie de la salle d'autopsie, le médecin légiste fit plusieurs photos du corps et mit en route son magnétophone ; elle fit un relevé d'empreintes après avoir contrôlé chaque partie du corps encore visible.

Et une heure et demie plus tard, elle donnait ses conclusions ainsi qu'une radio dentaire, et l'implant dentaire qu'elle avait extrait de la mâchoire du cadavre :

— Avec le numéro de série vous retrouverez plus rapidement le nom de la victime.

— À quoi est due la mort ?

— La mort de cet homme est due à une asphyxie. Et j'ai vu qu'il avait deux marques de pointe de teaser sur le torse. La mort remonte à plusieurs mois, mais mes collègues de la police scientifique vous donneront plus de renseignements. Je lui ai fait un relevé d'empreintes, et vous avez des échantillons de sang et de cheveux afin de vérifier s'il n'a pas été drogué ou victime d'empoisonnement avant d'être emprisonné dans son cercueil. Il tenait aussi fermement serré dans sa main un pendentif. C'est un petit ange en argent.

— Un ange en argent ?

— Oui, le voici.

— Est-ce que l'on peut savoir d'où il vient ?

— Non, il n'a aucun signe distinctif. Et je doute qu'il l'ait acheté, je dirais plutôt que c'est une fabrication artisanale, car les deux anges sont identiques, ils ont les même marques au même endroit d'après ce que j'ai vu à la loupe binoculaire.

— Je vois, ce que tu essaies de me dire c'est que le Fossoyeur a dû fabriquer lui-même son moule, et fondre son argent pour en faire un pendentif. Je suppose que pour faire une telle chose, il y a un minimum à connaître et de matériel à avoir.

— C'est ce que je crois.

— Et pour l'autre victime qu'est-ce que tu peux me dire ?

— Mon confrère Gérard Léman a fait son autopsie, et tout comme le premier cercueil, l'homme a été enterré vivant. Les circonstances de sa mort sont identiques et lui aussi avait le pendentif de l'ange dans la main. Enfin tout comme l'autre victime, lui aussi est mort asphyxié.

— Si je comprends bien ils se sont vus mourir ?

— Oui, la panique de se voir enfermé dans un cercueil, sans pouvoir bouger, le cœur qui bat à 200 à l'heure. Le manque de renouvellement d'air a fini par les tuer. Cet homme devait avoir dans les 40 ans. J'ai ici son rapport d'autopsie ainsi que toutes les photos et radios qui ont été faites durant son autopsie, ainsi que des échantillons de sang, de cheveux, et d'empreintes.

— Merci Sami, grâce à ce que vous avez découvert nous allons pouvoir identifier ces deux victimes.

Simon et Anthony se rendirent dans les bureaux de la police scientifique pour leur remettre tous les échantillons qu'on leur avait donnés et s'assurer que les empreintes correspondaient bien aux deux victimes qu'ils recherchaient.

— Inspecteur nous avons les premiers résultats, nous sommes en présence de Marcus Varin disparu le 2/03/2016 et de Marc Courtois disparu le 1/01/2016. Leur groupe sanguin et leurs empreintes correspondent, quant à l'ADN, cela prendra un peu plus de temps.

— Dès que vous aurez tous les résultats, vous n'aurez qu'à me les transférer au commissariat du 8ème. Et pour le cercueil, qu'avez-vous appris ?

— Pas grand-chose, si ce n'est qu'on a bien trouvé caché à l'intérieur un téléphone portable, mais impossible de savoir qui l'a acheté, et encore moins de le tracer.

— Vous avez trouvé des empreintes ?

— Uniquement celles de la victime.

— Donc on peut en déduire que c'est le Fossoyeur qui l'a mis à l'intérieur, pour entendre son agonie.

— C'est ce que je crois.

— Et vous avez trouvé la même chose dans l'autre cercueil ?

— Oui, exactement.

— D'accord.

— Le résultat des dernières analyses vous sera transmis dès demain.

— Parfait.

Simon et Anthony quittèrent le laboratoire de la police scientifique. Une fois les données en main, il s'agissait de retrouver Catarina qui était en train d'étudier les nouveaux éléments que l'équipe de recherches lui avait transmis. Ainsi que les minutes du procès où les quatorze victimes avaient été jurés.

— Je croyais que tu voulais retourner au commissariat ? demande Anthony à Simon.

— C'est ce que je ferai lorsque j'aurai vu Catarina. Elle avait raison sur toute la ligne ! Je ne sais pas comment elle fait, mais elle a trouvé le mode opératoire du Fossoyeur. Je sais qu'on n'a jamais été aussi près de l'appréhender qu'à cet instant. Je voudrais quand même savoir où en sont les recherches.

— D'accord, allons donc retrouver Catarina.

Catarina leur apprit que l'équipe de recherche venait de trouver les véhicules qu'ils recherchaient regroupés dans un même endroit.

Sans perdre de temps Catarina et ses amis se rendirent sur place pour vérifier les faits.

Peu après leur départ, Paul et le capitaine des pompiers se rendirent au QG.

Arrivés devant le restaurant, ils virent pas mal de mouvement à l'extérieur, comme s'il y avait eu de bonnes nouvelles. Ils apprirent qu'une équipe de recherches avait trouvé une fourrière dans le 15ème, qui avait bien dans ses murs un véhicule de pompiers, un corbillard, une ambulance et un véhicule de la poste.

— Ce qui veut dire que le Fossoyeur est soit un des employés de cette fourrière, soit l'un de ses proches.

— C'est bien ce que croit Catarina, c'est pour cette raison qu'elle s'est rendue là-bas avec l'inspecteur Renoir et des anciens membres du RAID, lui répondit Anthony.

L'inspecteur Renoir a réussi à avoir un mandat de perquisition signé du juge pour fouiller la fourrière et récupérer tous les véhicules qui sont au cœur de notre enquête. De plus Capitaine, lorsque vous avez contacté les acheteurs qui ont acquis un véhicule de pompiers aux enchères, vous avez découvert que l'un d'eux s'est fait voler son véhicule il y a plusieurs mois de ça. Catarina va vérifier si la plaque d'immatriculation du véhicule volé correspond à celui qui se trouve dans cette fourrière. En plus Catarina a découvert un point commun aux victimes du Fossoyeur.

— Et de quoi s'agit-il ? demanda Paul.

— En dehors de Gina, ils ont tous fait office de jurés dans un procès.

— Quel procès ?

— D'après ce que j'ai compris c'est l'affaire « Ange ». C'est le nom que les journalistes lui ont donné. C'était une fillette du nom d'Angelina Batista Flores, qui a été assassinée par un pédophile fétichiste.

— Un pédophile fétichiste ? Mais tout pédophile a normalement interdiction d'approcher des enfants !

— Logiquement, mais celui-ci a été plus rusé pour contourner la loi, car il s'est déguisé en femme pour que personne ne suspecte sa présence. Il s'est fait passer pour une nourrice agréée. Son apparence était telle que personne n'a pensé qu'il pouvait en être autrement.

— Mais comment pouvait-il se vêtir en femme sans que personne ne suspecte quoi que ce soit ?

— Parce qu'il travaillait aux effets spéciaux dans le cinéma, et qu'il a utilisé les prothèses et les techniques de maquillage sur lui.

— Et comment s'appelait-il ?

— Adrian Madére Scorpio.

— Où est-il actuellement ?

— En prison depuis sept ans. Catarina voulait justement aller te voir, pour te demander de faire des recherches sur cet homme.

— Et je suppose qu'elle va vouloir aussi que je fasse des recherches sur les parents de la gamine ?

— Oui. En fait juste sur le père, car la mère est morte d'une crise cardiaque en plein procès, lorsque les jurés ont condamné l'accusé à sept ans de prison pour meurtre non prémédité.

— Ce qui veut dire qu'il doit être libéré cette année.

— Oui.

— Et comment s'appelle le père de la gamine ?

— Alonzo Batista Santos.

— D'accord, je vais aller au commissariat chercher tout ce que je peux trouver sur son compte.

— Je vais rester ici avec Anthony pour remplacer Paolo, dit le capitaine des pompiers, comme ça il pourra se rendre au chevet de Gina, qui à l'heure actuelle doit être dans une chambre gardée par un policier. N'est-ce pas ?

— J'ai juste un coup de fil à passer, pour savoir ce qu'il en est.

Paul prit son portable et composa un numéro de téléphone. Il parla avec son interlocuteur pour lui donner quelques instructions avant de raccrocher.

— Alors ?

— Ils l'ont mise dans une chambre particulière, à côté des deux autres victimes. Et il y a des hommes en faction devant leur chambre.

— Parfait, dans ce cas Paolo vous pouvez y aller, dit le capitaine. Et pas d'inquiétude, je m'occupe de tout durant votre absence.

Anthony prit son téléphone et appela un taxi pour qu'il conduise Paolo à l'hôpital de la Salpêtrière.

L'équipe de recherches arriva au QG après le départ de Paolo ; Anthony leur servit un repas chaud, tel que l'aurait fait Paolo s'il avait été présent. Et tandis qu'il s'occupait de l'équipe de recherches, Catarina, Simon et les anciens du RAID se rendaient à la « Fourrière Jackpot » située dans le 15ème arrondissement.

Catarina sonna au portail et attendit qu'on vienne leur ouvrir.

— C'est fermé ! Revenez demain !

— Non, ce n'est pas possible ! cria Catarina. On a un mandat de perquisition pour fouiller la fourrière et emmener plusieurs de vos véhicules.

— Hors de question ! Je suis le service de sécurité et il est hors de question que je vous laisse entrer, ou je perdrais mon travail. Revenez demain matin à l'ouverture !

Catarina et l'inspecteur Renoir comprirent que le vigile ne les laisserait jamais franchir le portail. Mais pour ne pas faire d'esclandre, elle préféra retourner au QG et attendre l'heure d'ouverture de la fourrière. Mais avant ils firent un détour par l'hôpital pour rendre une petite visite à Gina.

Catarina se rendit à l'accueil pour demander son numéro de chambre.

— Merci madame.

Elle se tourna vers ses amis et leur dit que la chambre de Gina était à côté des deux dernières victimes du Fossoyeur. Ils montèrent tous à l'étage et en arrivant devant la chambre tombèrent sur l'homme de garde, qui en temps normal travaillait au commissariat du 8ème arrondissement.

— Bonjour Luc, on est venus rendre une petite visite à tante Gina, et toutes les personnes qui sont avec moi sont nos amis.

— Oui, je le sais. Je me rappelle de la photo que les journalistes avaient prise de vous tous.

— On peut entrer la voir ?

— Cinq minutes, mais pas plus ou je vais me faire taper sur les doigts si on vous trouve à l'intérieur, alors que personne n'est supposé entrer dans sa chambre.

— On ne restera que cinq minutes, promis !

— Et n'oublie pas d'emmener ton oncle Paolo avec toi en partant.

— Il y a longtemps qu'il est là ?

— Une demi-heure tout au plus.

— D'accord on le prendra avec nous. Merci Luc.

Catarina et ses amis entrèrent dans la chambre pour voir Gina ; ils trouvèrent Paolo assis sur le lit et Gina dans ses bras, pelotonnée tout contre lui.

— En fait ce que tu voulais tante Gina, c'était un gros câlin d'oncle Paolo !

En l'entendant parler, tous deux se tournèrent vers elle, et découvrirent toutes les personnes qui étaient venues la voir.

— Catarina ! dit-elle en lui tendant les bras, les larmes aux yeux.

Catarina la prit dans ses bras et l'embrassa sur le front tout en séchant ses larmes.

— Ça va aller tante Gina, tu n'as plus rien à craindre, tu es en sécurité ici, et ce n'est plus qu'une question d'heures avant qu'on l'arrête.

— Je savais que tu me retrouverais ! Mais j'ai eu si peur. Au début j'ai cru qu'il voulait me faire du mal, mais il m'a dit qu'il ne me ferait rien, et que je vive ou que je meure ne dépendait que de toi. Il m'a dit que dans la vie il y avait des choses qu'on ne pouvait pas pardonner, et qui réclamaient justice ! C'est pour cette raison qu'il était devenu le Fossoyeur, afin de punir tous ceux qui protégeaient les criminels en les laissant impunis. Il les enlevait, et leur infligeait les mêmes tortures qu'avaient endurées les victimes. Il ne comptait s'arrêter que lorsque justice serait faite.

— Ne t'en fais pas tante Gina, nous ferons tout ce qu'il faudra pour qu'il ne puisse plus faire de mal à personne. Mais il va falloir qu'on parte à présent, car on a promis au policier qui est devant la porte de ta chambre qu'on ne resterait que cinq minutes. Et toi aussi oncle Paolo, tu dois partir avec nous.

— D'accord, dit-il à contrecœur. Et après avoir embrassé Gina il sortit de la chambre, suivi de Catarina et de ses amis.

— Nous allons tous retourner au QG pour faire le point sur la situation.

Et se tournant vers son oncle elle dit :

— Ne sois pas triste oncle Paolo car dans deux jours tu auras tante Gina pour toi tout seul.

— Oui, tu as raison Catarina, et au moins ici elle est en sécurité.

— Tout à fait ! Allez oncle Paolo, ne baisse pas les bras, car on a besoin de toi.

Il regarda Catarina dans les yeux et lui sourit avec beaucoup de lassitude.

— Retournons donc à la maison, et trouvons le moyen de l'arrêter au plus vite.

— Voilà l'oncle Paolo que je connais, celui-là même qui mène le QG de recherches comme un chef !

Je te promets oncle Paolo de trouver et d'arrêter ce Fossoyeur. Tu me crois, n'est-ce pas ?

— Oui, je sais que tu le feras.

— Bien, dans ce cas on peut retourner au restaurant. Une fois là-bas nous aviserons pour la suite.

Guillaume prit dans son véhicule Catarina et son oncle pour les conduire au QG, tandis que l'inspecteur Renoir emmena dans le sien les anciens membres du RAID. Une fois au restaurant Paolo reprit son rôle, tandis qu'Anthony et le capitaine des pompiers allaient retrouver Catarina.

— Où en est-on ? demanda Anthony.

— Demain matin on retourne à la fourrière dès l'ouverture, car le vigile qui se trouve actuellement là-bas refuse de nous laisser entrer. Et vous de votre côté qu'avez-vous découvert ?

— On a retrouvé les deux dernières victimes du Fossoyeur. Ce qui veut dire que ton raisonnement était bon, du coup Paul s'est chargé de parler avec les inspecteurs qui ont suivi cette affaire. Pour leur faire part de notre découverte et qu'ils fassent de même de leur côté.

— Et pour ce qui est des véhicules de pompiers vendus aux enchères ?

— Un des véhicules a été volé à son propriétaire.

— Et moi de mon côté, j'ai découvert que quatorze victimes du Fossoyeur avaient fait partie d'un jury. Une affaire criminelle impliquant une enfant de trois ans, la jeune Angelina Batista Flores.

— Paul est en train de vérifier l'identité des parents et des grands-parents de la gamine. Ainsi que celle de toutes les personnes qui ont participé au procès.

— Je vois, dit Catarina. De toute façon nous n'avancerons pas beaucoup plus pour aujourd'hui. Je vais voir Paul pour savoir où il en est, aussi reposez-vous et prenez un bon repas chaud avant de partir. Nous nous reverrons demain matin, et à ce moment-là, nous déciderons de ce qu'il y a à faire.

Catarina prit congé de ses amis et se rendit avec Guillaume au commissariat du 8ème pour retrouver Paul, qui s'affairait à trouver des informations sur toutes les personnes qui avaient participé au procès du meurtre de la jeune Angélina Batista Flores.

— Bonsoir Paul !

— Oh ! Entre Catarina. Alors qu'as-tu trouvé à la fourrière ?

— Je n'ai pas pu y entrer, car l'agent de sécurité nous a refusé l'accès durant les heures de fermeture. J'y retournerai dès demain. Simon et les anciens du RAID viendront avec moi. Et pour ce qui est des personnes qui ont participé au procès qu'as-tu appris ?

— Que le Fossoyeur s'en est pris à tous ceux qui ont permis la libération de l'homme qui a tué sa fille. Il a eu plusieurs condamnations mais à chaque fois il s'en est sorti, soit pour vice de procédure ou parce qu'il avait un très bon avocat. Pour l'instant il est incarcéré à Fleury-Mérogis. Mais j'en saurai davantage demain matin, lorsque les bureaux seront ouverts.

— Et pour ce qui est de l'adresse du Fossoyeur ?

— Il habite dans le 13ème arrondissement au 23, avenue d'Italie, du moins c'est l'adresse que j'ai lue dans son dossier. J'ai bien envoyé une patrouille là-bas pour me l'amener, mais il se trouve qu'il n'habite plus là-bas depuis sept ans.

— Sept ans ! Ça veut dire qu'il est parti après le procès. Et avez-vous trouvé quelque chose chez lui ?

— Non, l'appartement a été entièrement vidé et nettoyé. De toute façon on n'en apprendra pas plus pour aujourd'hui.

Catarina, tu devrais aller te reposer et demain matin nous reprendrons les recherches.

— Oui, tu as raison Paul, je vais rentrer me reposer.

Après avoir pris congé de Paul, elle retourna avec Guillaume au restaurant où l'attendaient Anthony et l'équipe de recherches.

Ils convinrent de prendre quelques heures de repos avant de continuer leurs recherches.

Catarina prit un léger repas avant de monter dans ses appartements pour quelques heures de sommeil bien méritées.

Chapitre 10
Sur les traces du Fossoyeur

Catarina se leva de bon matin pour reprendre les recherches, et elle trouva Guillaume dans la cuisine qui l'attendait tranquillement comme chaque matin, le petit déjeuner sur la table.

— Il y a longtemps que tu es levé ?

— Non, à peine le temps de prendre une douche et de préparer le petit déjeuner. Alors que faisons-nous ce matin ?

— On retourne avec Simon et les anciens du RAID à la fourrière.

— Et les autres, que devront-ils faire ?

— Il faudrait qu'ils aillent voir les voisins d'Alonzo Batista Santos, peut-être que l'un d'eux connaît sa nouvelle adresse. D'autres devront interroger les journalistes présents au procès et ceux qui ont publié une des caricatures tout au long du procès. Auquel cas ils pourront ainsi nous dire s'il s'agit bien du Fossoyeur. Il faudrait aussi retrouver ses parents et beaux-parents. Et qu'ils aillent aussi vérifier à la poste et aux impôts s'il n'a pas laissé une nouvelle adresse. Et dès qu'ils l'auront, qu'ils aillent vérifier sur place qu'il habite toujours là-bas, mais qu'ils ne tentent rien tout seuls. S'ils le reconnaissent, qu'ils s'éloignent de lui au plus vite et qu'ils appellent immédiatement Paul.

De toute façon, Paul doit passer au QG ce matin, et s'il a besoin d'aide je lui dirai de faire appel à toute l'équipe de recherches. Pendant que tu te prépares j'irai prévenir nos amis au QG. Comme ça lorsque tu descendras, nous n'aurons plus qu'à partir.

Lorsque Catarina descendit au restaurant toute l'équipe de recherches était en train de prendre son petit déjeuner. Guillaume la prévint qu'il avait informé chacun de ce qu'il avait à faire.

— Paul a demandé à Anthony et au capitaine des pompiers de venir l'aider dans ses recherches, c'est pour ça qu'ils ne sont pas ici.

— Vous avez tous eu le temps de prendre votre petit déjeuner ?

— Oui, et nous sommes prêts à reprendre les recherches.

— Bien dans ce cas allons-y.

Avant de partir elle alla embrasser son oncle, et lui dit de serrer très fort sa tante dans ses bras lorsqu'il irait la voir. Sitôt après elle alla retrouver Guillaume qui l'attendait dans sa voiture avec l'inspecteur Renoir.

Guillaume se rendit à la fourrière du 15ème arrondissement suivi de près par deux véhicules de police dans lesquels avaient pris place les anciens membres du RAID.

Une fois arrivés, ils arrêtèrent leur véhicule et se dirigèrent tous ensemble vers la porte de la fourrière.

L'inspecteur Renoir sortit le mandat de perquisition qu'il avait dans la poche et le présenta à l'employé qui se trouvait à l'entrée.

— Bonjour monsieur, j'ai ici un mandat de perquisition pour fouiller votre fourrière. Je suis à la recherche d'un véhicule de pompiers portant cette plaque d'immatriculation, ainsi que d'une ambulance, d'un corbillard et d'un véhicule de la poste.

— Heu… Attendez ici, que j'appelle le directeur.

Immédiatement, l'homme quitta son poste en courant pour se rendre au bureau du directeur, afin de l'informer sur ce qui se passait.

Moins de cinq minutes plus tard, le directeur de la fourrière vint trouver l'inspecteur Renoir à l'accueil.

— Bonjour monsieur, on vient de m'avertir que vous avez un mandat de perquisition pour fouiller ma fourrière et emmener quatre de mes véhicules.

— Tout à fait, voici un mandat signé du juge me donnant l'autorisation de réquisitionner ces quatre véhicules.

— Et qui va me payer leur garde ?

— Vous n'aurez qu'à faire une lettre de réclamation auprès du juge.

À ce moment-là Catarina s'approcha du directeur et lui demanda :

— Bonjour monsieur, je me présente Maty H détective privée, dit-elle en lui présentant ses papiers. Elle sortit le portrait-robot du Fossoyeur et le lui tendit tout en demandant : avez-vous déjà vu cette personne ?

Le directeur prit le portrait-robot, le regarda et demanda :

— Pourquoi avez-vous un dessin d'Alonzo ?
— Vous voulez dire que cet homme s'appelle Alonzo ?
— Bien sûr, c'est Alonzo Batista Santos. C'est l'un de mes employés !
— Est-il ici aujourd'hui ?
— Non, il a pris quelques jours de congé.
— Est-ce que vous connaissez son adresse ?
— Bien sûr.
— Et son numéro de téléphone ?
— J'ai toutes ses coordonnées, seulement je ne pourrai pas vous les donner sans un mandat du juge.
— Je comprends. J'aurais plusieurs questions à vous poser, mais peut-être pourrions-nous parler plus tranquillement dans votre bureau ?

Le directeur ne savait pas quoi faire. C'est alors que Catarina lui dit qu'on n'avait rien contre lui, mais qu'elle menait une enquête sur l'homme qui avait tué la fille d'Alonzo Batista Santos.

En apprenant cela, il changea immédiatement de comportement et se détendit un peu.

— J'espère qu'il croupira en prison !
— C'est ce qu'on essaie de faire.
— Venez donc dans mon bureau, nous serons beaucoup plus à l'aise pour discuter.
— Depuis quand Alonzo travaille-t-il dans votre établissement ?
— Depuis dix ans, si ce n'est plus. Il travaillait déjà ici alors qu'il était célibataire. Je me rappelle encore le jour où il a connu sa future femme. Elle avait eu un problème de batterie

et était en arrêt sur la bande d'arrêt d'urgence. Pour s'assurer qu'on la verrait de loin, elle était montée sur le toit de sa voiture. Alonzo passait justement à ce moment-là, comprenant qu'elle avait un problème il avait arrêté son véhicule et l'avait reconduite chez elle, sans même lui faire payer le remorquage de son véhicule. Pour le remercier elle l'avait invité à prendre un café, et quelque chose de magique s'était produit entre eux, car depuis ce jour ils n'avaient cessé de se voir. Quelques mois plus tard ils s'étaient mariés et un magnifique bébé était venu agrandir leur famille. La petite Angélina était adorable, elle était toujours en train de rire, et elle vous faisait plein de câlins. Mais un jour alors que sa femme était allée se promener au parc, un homme s'est entiché de la petite et sans même qu'elle s'en rende compte, il les avait suivies jusqu'à leur maison. Il était entré dans leur jardin et avait attendu, tapi à l'extérieur, qu'elle couche la petite dans son petit lit. Lorsqu'elle était retournée dans la cuisine pour préparer le repas, il avait coupé la moustiquaire, s'était introduit dans la chambre de la petite et l'avait enlevée pour la mettre dans un cercueil en verre d'où il pouvait l'admirer comme un trophée ; seulement ce qu'il n'avait pas prévu c'etait de faire des ouvertures pour que la petite puisse respirer, si bien qu'au bout d'un certain temps, elle est morte asphyxiée, et lorsque son corps a commencé à se décomposer il l'a prise et l'a ramenée chez ses parents ; mais avant de le leur rendre il a gardé comme trophée le pendentif en argent que son père lui avait offert.

— Et que représentait ce pendentif ?
— Un petit ange.

— Comment ont-ils réussi à mettre la main sur l'homme qui avait enlevé et laissé mourir la petite Angélina ?

— Alonzo mettait des affiches dans toute la ville, sans succès jusqu'à ce qu'il retrouve son bébé mort et en décomposition dans son berceau. À ce moment-là il a fait appel au plus grand chasseur de gibier qu'il connaisse afin qu'il suive les traces du kidnappeur avec ses chiens de chasse. Et c'est comme ça qu'ils sont arrivés jusque chez lui. Alonzo est devenu fou à cet instant, et il l'aurait sûrement tué si les chasseurs ne l'avaient pas arrêté dans son élan. Ils ont appelé la police afin qu'elle vienne l'arrêter, mais comme celle-ci avait besoin de preuves, ils ont perquisitionné tout son domicile et ont trouvé les affaires de la petite, ainsi que le pendentif que son père lui avait fabriqué.

C'est la deuxième fois qu'il avait affaire à la justice ; la première fois il avait été arrêté pour agression et fétichisme, et il avait été condamné à quelques années de prison ; mais voilà, un bon avocat et des jurés compatissants avaient décrété qu'il irait en psychiatrie et non en prison. Conclusion il fut interné deux ans et remis en liberté juste après. Et c'est à cause de cette indulgence qu'il s'en est pris à la jeune Angélina, et qu'il a commis ainsi son premier meurtre, mais encore une fois les jurés ont été indulgents envers lui. Alonzo était furieux, il a crié en plein tribunal que c'était tous des vendus ; la police a dû intervenir et alors que sa femme voulait empêcher son arrestation, elle a été bousculée par les forces de l'ordre. Est-ce que c'est ça ou autre chose, quoi qu'il en soit elle a eu une crise cardiaque fulgurante en plein procès. Et malgré tous les efforts pour la ranimer, elle est morte dans la salle d'audience. Dès lors Alonzo avait tout perdu : l'amour de sa vie et son petit ange. Il a juré qu'il n'aurait de repos que lorsque justice serait rendue à son petit ange.

— Je commence à comprendre pourquoi il y a eu autant de victimes, et pourquoi elles ont toutes vraisemblablement fini dans un cercueil, avec un pendentif en forme d'ange dans la main.

Le directeur, qui ne comprenait rien aux propos de Catarina, la regarda, interrogatif.

— J'ai une autre question : lequel de vos employés a amené dans votre fourrière la voiture de pompiers, l'ambulance, le véhicule de la poste, et le corbillard ?

— Comme ça je n'en sais rien. Mais si je regarde dans l'ordinateur je pourrai vous le dire.

— Dans ce cas allez-y.

Le directeur vérifia qui avait enregistré l'entrée de ces quatre véhicules, et constata qu'il s'agissait d'Alonzo.

— C'est Alonzo qui les a amenés.

— C'est ce que je supposais, mais je voudrais savoir : l'adresse d'Alonzo, que vous ne voulez pas nous donner est bien le 38, avenue d'Italie dans le 13ème arrondissement ?

Le directeur était scié de voir qu'elle connaissait l'adresse d'Alonzo.

— Est-ce que vous auriez une autre adresse à nous proposer en dehors de celle-ci ?

— Non, mais pourquoi voulez-vous le voir ?

— Nous avons des questions à lui poser au sujet de ces quatre véhicules. Nous voudrions savoir s'il a vu la personne qui les conduisait.

— Pourquoi avez-vous un dessin du visage d'Alonzo ?

— Parce que c'est le portrait-robot de l'homme qui a emmené les quatre véhicules que nous recherchons.

— Quelqu'un peut-il sortir ces véhicules de la fourrière sans que vous en soyez informé ?

— Non, il n'y a que nous qui ayons les clefs pour ouvrir le portail.

— Je suppose que vous n'avez pas les clefs de ces véhicules ?

— Bien sûr que non, tous ces véhicules ont été enlevés sur demande de la police.

— Avez-vous vu Alonzo aujourd'hui ?

— Non, il est en vacances.

— Si je vous donne différente dates, sauriez-vous me dire si Alonzo travaillait ces jours-là ?

— Bien sûr.

— Parfait. Alors voici les dates qui nous intéressent.

* 18/01/2010 --------- arrêt maladie
* 25/05/2010 --------- arrêt maladie
* 22/02/2011 --------- vacances
* 17/09/2011 --------- vacances
* 10/04/2012 --------- arrêt maladie
* 05/08/2012 --------- arrêt maladie
* 12/03/2013 --------- vacances
* 03/07/2013 --------- vacances
* 09/02/2014 --------- arrêt maladie
* 07/05/2014 --------- arrêt maladie
* 02/05/2015 --------- vacances

* 24/10/2015 --------- vacances
* 01/01/2016 --------- arrêt maladie
* 02/03/2016 --------- arrêt maladie
* 25/06/2016 --------- réunion de famille

— Parfait. Je crois que j'ai toutes les réponses que je cherchais. Merci pour votre aide monsieur. Ah ! J'oubliais, est-ce qu'Alonzo aurait un ami, ou quelqu'un qu'il avait l'habitude d'aller voir du temps où il avait encore une famille ?

— Non, je ne crois pas.

Catarina regarda Simon : tous deux étaient sûrs qu'Alonzo était bien l'homme qu'ils recherchaient. Et qu'il faisait payer à ses victimes le mal qu'on avait fait à sa fille. Il s'en était pris à tous ceux qui avaient libéré l'assassin de sa fille. Mais il lui restait encore une personne à juger pour que justice soit faite. Et cette personne n'était autre que l'assassin de son enfant.

En sortant du bureau ils croisèrent les anciens membres du RAID qui leur dirent que les quatre véhicules avaient été démarrés en déconnectant les fils d'allumage.

— Ces quatre véhicules sont bien ceux qu'on recherche, la police scientifique va venir les récupérer, et peut-être qu'après nous en apprendrons davantage.

— Je vais appeler Paul, peut-être aura-t-il du nouveau.

— Ils n'ont plus de famille, et leurs voisins les ont décrits comme une famille merveilleuse, jusqu'au jour où tout a basculé pour eux. Ils ont été harcelés par la police, qui au début a cru qu'ils avaient tué leur fillette par accident. Et ce n'est qu'en voyant son cadavre dans le berceau qu'ils ont compris qu'il n'en était rien. Lorsqu'Alonzo leur a livré le coupable ils ont compris que s'ils n'avaient pas perdu autant de temps à vouloir les faire avouer un crime qu'ils n'avaient pas commis, elle serait peut-être encore en vie.

— Et les impôts, ont-ils sa nouvelle adresse ?

— Non, pour eux il vit toujours là-bas.

— Son courrier arrive toujours à son ancienne adresse ?

— Oui, et sa boîte aux lettres est saturée de lettres et de prospectus.

— Paul, puisqu'il travaille, son salaire doit bien arriver sur un compte bancaire, ce qui veut dire qu'on peut le tracer à partir de là.

— Oui, ça devrait être faisable, par contre j'aurai besoin d'un mandat du juge pour fouiller dans les papiers du directeur.

— Et pour l'assassin de son enfant ?

— Il doit être jugé en appel demain. Au palais de justice.

— Demain ! C'est le septième jour ! Le jour du jugement. Il va tout faire pour que justice soit rendue à sa fille.

— Catarina, tu crois vraiment qu'il va s'en prendre à cet homme en plein palais de justice avec toute la sécurité qu'il y a là-bas ?

— Oui, c'est ce que je crois. En plus le juge qui a libéré cet homme la première fois doit y être.

— Que veux-tu qu'on fasse ?

— Il faut prévenir le palais de justice qu'un homme armé va s'en prendre à un juge et à un prisonnier demain.

— Jamais il n'arrivera à passer une arme sans déclencher l'alarme des détecteurs de métaux.

— Sauf s'il sait fabriquer une arme en plastique avec une imprimante 3D, auquel cas elle passera inaperçue au détecteur de métaux.

— Et pour l'équipe de recherches, qu'a-t-elle découvert ?

— Ils ont contacté les journalistes présents lors du procès et ils ont récupéré une copie des dessins qui ont été publiés dans les journaux. Et ils correspondent trait pour trait au portrait-robot que nous avons.

— Ce qui ne fait que confirmer nos doutes. Et avez-vous cherché du côté de leurs familles respectives ? Peut-être qu'elles ont des propriétés assez éloignées de la ville pour passer inaperçues aux yeux de tous.

— Oui, je vais fouiller de ce côté-là, répondit Paul. Et toi Catarina où as-tu l'intention d'aller à présent ?

— Je vais aller faire un tour sur la tombe de la jeune Angélina, peut-être pourrais-tu me dire dans quel cimetière elle a été enterrée ?

— À vrai dire, je ne me rappelle pas l'avoir vu écrit quelque part. Mais peut-être que son employeur pourra t'en apprendre davantage.

— Oui, ce n'est pas faux. Je vais lui demander sur-le-champ.

Catarina demanda à Paul de la tenir informée dans le cas où il apprendrait quelque chose de nouveau. Elle retourna voir le directeur de la fourrière pour lui demander s'il savait où était enterrée la jeune Angélina.

— Elle est au cimetière du Père-Lachaise.

— Sauriez-vous retrouver l'endroit ?

— Je crois que oui, en fait elle se trouve à l'opposé de l'entrée principale, à l'époque tout ce côté du cimetière était encore inoccupé. Mais je suppose que ça ne doit plus être le cas à présent.

— La mère et la fille sont-elles réunies dans le même caveau ?

— Oui. Alonzo a fait mettre un ange sur le caveau familial, afin qu'il veille sur ses deux anges. Je sais qu'il passe tous les jours leur rendre visite pour leur raconter sa journée, et c'est ce qui lui permet de tenir et de continuer à vivre.

— Et vous n'avez aucune idée de l'endroit où il peut loger ?

— Non, j'ai toujours cru qu'il rentrait chez lui après son travail.

— Eh bien non, il a vidé tout l'appartement sans que personne ne s'en rende compte. Il a dû tout mettre dans un garde-meuble ou dans un garage. Mais pour l'instant personne n'a pu me dire où.

— Son attachement pour sa femme et sa fille est tel que je ne serais pas étonné qu'il loge près du cimetière. Afin d'être plus près d'elles.

— Mais oui ! Comment n'y ai-je pas pensé plus tôt ! Ce qu'il faut à présent c'est que nous nous rendions sur la tombe d'Angélina. Une fois sur place nous aurons plus de facilité pour surveiller tranquillement les alentours, ou les appartements qui ont une vue directe sur la tombe. À moins qu'il ne dorme dans un des nombreux caveaux.

— Mais il n'y a pas d'eau dans un caveau.

— Certes, mais peut-être se douche-t-il dans une station-service ?

Bon, il est temps à présent que nous allions au cimetière du Père-Lachaise. Voudriez-vous nous accompagner là-bas ?

— Non, je regrette mais j'ai beaucoup trop de papiers à remplir si vous voulez réquisitionner mes véhicules. Mais vous n'avez qu'à demander à un des hommes travaillant là-bas où est situé le caveau familial d'Alonzo, il vous y conduira.

— Parfait dans ce cas, ne perdons plus de temps.

Catarina, Guillaume et Simon partirent pour le cimetière du Père-Lachaise, tandis que les anciens membres du RAID restaient sur place jusqu'à ce que la police prenne possession des quatre véhicules que le Fossoyeur avait sans aucun doute utilisés lors de ses enlèvements.

Une fois au cimetière, un des employés travaillant sur place conduisit Catarina jusqu'à la tombe d'Angélina et de sa mère. Comme l'avait décrit le directeur de la fourrière, un ange trônait au beau milieu de la pierre tombale. La présence d'Alonzo était palpable, tant par le parterre fleuri que par les rosiers grimpants qui entouraient l'ange.

— Vu l'état du caveau, je dirais qu'Alonzo passe ici tous les jours, sans quoi les roses ne seraient pas aussi belles ni fleuries.

—Donc en partant du principe qu'il loge près d'ici, les possibilités de parvenir à le localiser sont assez minces, dit Simon. Il peut très bien loger au cimetière sans que personne ne le sache. Ou dans l'un des appartements qu'on voit d'ici. Mais si on peut le voir, lui aussi le peut, et du coup s'enfuir du pays.

— Je doute qu'il le fasse, dit Catarina, car sa famille est ici et jamais il n'abandonnera sa femme ni sa fille. Je suis sûre d'une chose, jamais il ne se recueillera sur leur tombe tant que nous serons ici.

— On peut toujours demander aux employés du cimetière s'ils l'ont déjà vu près de la tombe, dit Guillaume.

— Oui, on peut toujours essayer, répondit Catarina.

Ils se rendirent tous à l'accueil du cimetière, où les employés les virent entrer d'un très mauvais œil.

— Messieurs, j'aurais quelques questions à vous poser ! dit Catarina.

— Vous n'avez tout de même pas l'intention de déterrer un autre corps ?

— Non, rassurez-vous, ce n'est pas mon intention. J'ai juste besoin de savoir si vous avez déjà vu l'homme qui s'occupe de la tombe sur laquelle trône un magnifique ange entouré de roses.

— Bien sûr, mais il ne parle à personne.

— Vous le voyez tous les jours ?

— Oui, quel que soit le temps, il est là. Il s'occupe des rosiers, nettoie la tombe et s'assied en face d'elle jusqu'à la fermeture du cimetière. Il leur parle, et parfois même je le vois pleurer. Pourquoi posez-vous toutes ces questions à son sujet ? A-t-il fait quelque chose de mal ?

— Non, pas du tout ! En fait il a été témoin d'un vol de véhicule et on a besoin de sa déclaration pour faire un portrait-robot du voleur ; le problème c'est qu'on ignore où il vit.

— Oh, mais il vit près d'ici, du moins c'est ce que je crois. À plusieurs reprises je l'ai vu sortir de l'immeuble d'en face. Vous pouvez très bien interroger les habitants de l'immeuble. Ils vous diront s'ils ont vu ou pas cet homme.

— Merci pour votre aide.

Sur ce Catarina, Guillaume et l'inspecteur Renoir sortirent pour se diriger vers l'immeuble où à plusieurs reprises Alonzo avait été aperçu. Une fois devant l'immeuble, ils se heurtèrent à une porte à code digital. Ne pouvant pas entrer, ils sonnèrent à chaque appartement.

— Bonjour madame, c'est la police ! Pourriez-vous ouvrir s'il vous plaît ?

— La police ! dit-elle paniquée.

— Oui, mais vous n'avez rien à craindre, j'ai juste quelques questions à vous poser. C'est pour une enquête de voisinage.

— Je vous ouvre ! Montez jusqu'au sixième, je vous attendrai devant la porte.

Catarina, Guillaume et l'inspecteur Renoir se rendirent au sixième étage pour trouver la femme qui leur avait ouvert la porte de l'immeuble.

— Bonjour madame, je me présente Maty H détective privée, et voici l'inspecteur Renoir et Guillaume mon collègue.

— Maty H ! La fameuse Maty H !

— Oui, c'est bien moi.

— Oh ! Mais entrez donc, et dites-moi en quoi je peux vous aider.

Catarina sortit le portrait-robot du Fossoyeur pour le montrer à la femme.

— Avez-vous déjà vu cet homme dans l'immeuble ?

— Oh, mais bien sûr, c'est Alonzo ! Un gentil garçon qui n'a malheureusement pas eu de chance. Il a perdu sa femme et sa fille il y a sept ans, et chaque jour il va leur porter des fleurs au cimetière.

— Et vous savez à quel étage il habite ?

— Bien sûr, il a loué l'appartement du troisième étage.

— Et il y a longtemps qu'il habite ici ?

— Ça doit faire sept ans, à peu près. Mais pourquoi avez-vous un portrait de lui ?

— On le cherche comme témoin dans une affaire d'agression, répondit Catarina avec beaucoup d'aplomb.

— Oh ! Je vois.

— Il a aidé une jeune femme qui se faisait agresser, sans même laisser ses coordonnées.

— Ça ne m'étonne pas de lui.

— L'avez-vous vu aujourd'hui ?

— Non, en fait ça fait plusieurs jours que je ne l'ai pas vu. Mais ça lui arrive de s'absenter quelques jours.

— Je vois, eh bien il est temps pour nous de vous laisser à présent. Vous disiez qu'Alonzo habite au troisième étage ?

— Oui, au 3B, c'est la porte à droite en sortant de l'ascenseur.

— Merci encore pour votre aide.

Catarina et ses amis reprirent l'ascenseur et descendirent au troisième étage. Arrivés devant la porte ils sonnèrent, sans que personne ne vienne leur ouvrir.

— Je vais demander à Paul de nous avoir un mandat de perquisition et un serrurier pour ouvrir cette porte.

— Tu sais Simon, si on avait demandé à Anthony et à ses amis de nous aider, on serait déjà dedans.

— Certes, mais on n'a pas le droit d'entrer comme ça chez les gens, sans quoi au moment du procès, tout ce que l'on aurait trouvé serait sans valeur.

Catarina et ses amis attendirent une bonne heure l'arrivée de Paul et du serrurier. Lorsque celui-ci leur ouvrit la porte tous entrèrent à l'intérieur, et ce qu'ils découvrirent les laissèrent sans voix. À l'intérieur de l'appartement ils découvrirent des murs entièrement tapissés de photos de toutes les victimes du Fossoyeur. L'appartement n'avait aucun meuble si ce n'était une planche sur deux tréteaux, sur laquelle il avait installé un ordinateur, qui était actuellement en veille. Ils allumèrent l'ordinateur et regardèrent ce qu'il y avait dedans. Ils constatèrent que chaque victime avait un dossier portant son nom. Ils ouvrirent les dossiers et trouvèrent les photos qu'il avait mises au mur, ainsi que les plans de chaque appartement ou maison dans laquelle vivait chacune des victimes, et l'enregistrement de leur agonie.

À même le sol, il y avait différentes ébauches d'ange en argent, identiques à celles que tenaient ses victimes dans le creux de leur main.

— Il n'y a pas à dire, il a minutieusement planifié leur enlèvement, dit Paul en découvrant tout ce qu'il y avait sur les murs et dans l'ordinateur. Le pire, c'est qu'aux yeux de tous ses voisins et amis, c'est un véritable petite ange, alors qu'en vérité c'est un monstre.

— Paul, il l'est devenu parce qu'un homme lui a pris ce qu'il avait de plus cher au monde, dit Catarina. Et si tu regardes bien, il ne s'en est pris qu'à ceux qui lui ont fait du mal. Car si on n'avait pas libéré le monstre qui s'en est pris à sa fille, elle serait toujours en vie et il aurait toujours sa famille.

— Pourtant il s'en est pris à ta tante.

— Oui, parce qu'il voulait que tout le monde découvre son histoire.

— Et maintenant il va s'en prendre à l'assassin lui-même. Et d'après ce qu'il y a sur le mur, ça aura lieu demain au palais de justice. Seulement je n'arrive pas à savoir ce qu'il a l'intention de faire. La demande en appel aura lieu demain matin à 10h00. Il a les plans du palais de justice et de chaque ventilation. Les contrôles de sécurité sont drastique là-bas, aussi je ne vois pas comment il a pu faire toutes ces photos sans même se faire prendre. Il y a ici des photos de tous les corps de métier, à commencer par les policiers, juges, avocats, ouvriers d'entretien, ….. Comment savoir quelle apparence il va prendre ? Jusqu'à maintenant il a été livreur de la poste, ambulancier, chauffeur des pompes funèbres, pompier. Il prend toutes les apparences et personne ne suspecte quoi que ce soit. Comment allons-nous réussir à l'appréhender dans ces conditions ?

— Nous, nous n'y arriverons pas, mais des chiens policiers si. Il peut changer d'apparence mais pas d'odeur, la sienne sera immédiatement perçue par des chiens. Il faudrait faire venir l'équipe canine jusqu'au palais de justice dès aujourd'hui, afin que le Fossoyeur ne suspecte rien demain matin. Sans quoi jamais il ne se présentera. Et pour qu'ils reconnaissent son odeur, nous emporterons quelques-unes de ses affaires qu'on mettra dans un sac plastique, pour qu'il ne soit pas contaminé par les odeurs extérieures.

— Et comment comptes-tu faire entrer les chiens au palais de justice, sans qu'ils soient vus ?

— Par les cuisines pardi ! Toute cuisine doit recevoir des marchandises et si l'on met les chiens dans le camion de livraison avant d'arriver au palais de justice, personne ne suspectera leur présence. Et comme le camion doit entrer à l'intérieur du palais, il n'y aura aucun problème, nous avertirons la sécurité afin qu'elle fasse son inspection comme d'habitude, comme si de rien n'était.

— Oui, ça pourrait fonctionner, répondit Paul.

Voyant qu'ils n'obtiendraient rien de plus de cet appartement ils décidèrent de retourner au QG afin de vérifier si les autres avaient découvert quelque chose d'autre. Ils apprirent que les parents d'Alonzo Batista Santos vivaient dans la Sarthe, et qu'une équipe de recherches s'était rendue sur place pour les interroger. Que tous les meubles d'Alonzo avaient été entreposés dans leur garage, jusqu'à ce qu'il soit en état de les reprendre sans souffrir. Depuis qu'Alonzo avait tout perdu, il n'était plus joignable par téléphone, parce qu'il avait tout résilié. Mais de temps à autre il appelait ses parents pour prendre de leurs nouvelles.

— Et du côté de ses comptes bancaires ?

— On a pu y avoir accès grâce à un mandat du juge, mais ce qu'on sait, c'est qu'il a vidé tous ses comptes. La seule chose qui arrive sur son compte c'est son salaire, qu'il retire immédiatement. La banque va bloquer sa carte afin qu'on puisse savoir où il se trouve. Demain tout un dispositif de surveillance sera mis en place pour appréhender le Fossoyeur, avant même qu'il ne s'en prenne à l'assassin de sa fille.

— Paul, tu devrais te charger de prévenir tout le monde de ce qui se prépare pour demain au palais de justice. Ils n'ont que quelques heures pour vérifier toutes les affaires qui doivent être traitées demain.

— Catarina, tu es vraiment persuadée qu'il va se passer quelque chose ?

— Oui Paul, il me l'a écrit.

— D'accord je préviens tout le monde, mais toi fais très attention, car il a l'intention de t'affronter.

— Ne t'en fais pas pour moi Paul, ça va aller.

Paul ne dit rien, mais il regarda Guillaume et l'inspecteur Renoir pour leur faire comprendre qu'il comptait sur eux pour la protéger. Tous les deux le regardèrent dans les yeux et hochèrent la tête en signe d'approbation.

— Tu devrais prendre quelque chose et aller te reposer, car la journée de demain va être assez stressante. Demain matin je te ramènerai un gilet pare-balles, que tu enfileras avant d'aller au palais de justice.

Catarina alla voir toute l'équipe de recherches pour lui parler, avant de prendre quelque chose de chaud.

— Mes amis, grâce à votre aide, notre quête pour arrêter le Fossoyeur prendra fin demain matin. Nous savons actuellement qui il est, et où il a l'intention d'intervenir. Je ne sais pas quelle sera l'issue de cette rencontre, mais c'est ici que votre travail se termine. La seule chose que je vous demanderai à tous, comme une faveur personnelle, c'est qu'aucun de vous ne sorte demain. Restez chez vous, et surtout pour ceux ou celles qui ne pourraient pas faire autrement, n'allez pas du côté du palais de justice ! Car je ne voudrais pas perdre l'un d'entre vous. Et lorsque tout sera enfin terminé, et que tante Gina sera de retour à la maison, nous ferons une grande fête au restaurant où vous serez tous conviés, je veux qu'elle connaisse toutes les personnes à qui elle doit d'être toujours en vie.

Toutes les personnes présentes palpaient la tension qu'il y avait à cet instant précis. Car même si Catarina ne disait rien, ils sentaient que quelque chose de grave allait arriver. Durant tous ces jours à travailler ensemble, ils étaient devenus une vraie famille, unie et dont chacun était un membre à part entière. Ne voulant pas donner de préoccupation supplémentaire à Catarina ni à ceux qui allaient participer à l'arrestation du Fossoyeur, ils lui promirent de rester chez eux, jusqu'à ce que Paolo les appelle pour leur dire que le Fossoyeur avait été arrêté.

Rassurée sur leur compte, elle prit congé de ses amis et monta à l'appartement prendre quelques heures de repos, avant de se rendre au palais de justice pour retrouver Paul et ses hommes.

Chapitre 11
Justice pour un ange

Après une nuit bien agitée, Catarina décida de se lever de bon matin pour se laver et préparer le petit déjeuner pour son oncle et Guillaume. Mais contrairement à ce qu'elle pensait, ils l'avaient devancée.

— Mais qu'est-ce que vous faites debout à cette heure-ci ?

— La même chose que toi, à priori. En fait toi non plus tu n'arrives pas à dormir, d'après ce que je vois, dit Guillaume.

— Non, je n'ai pas réussi à fermer l'œil de toute la nuit. À un moment donné j'en ai eu marre et j'ai préféré me lever pour préparer votre petit déjeuner, mais à ce que je vois c'est peine perdue.

— Tu as peur ?

— Non, pas dans le sens où tu l'entends, mais c'est vrai que j'ai peur de m'être trompée et de ne pas réussir à l'appréhender. J'ai tellement de doutes, sans compter qu'il a toujours une longueur d'avance sur moi.

— Il te surveille c'est une certitude, puisqu'il t'attend pour l'affrontement final. Demande à Paul de te donner une arme.

— Non Guillaume, car je ne veux pas d'un carnage au palais de justice.

— Ça ne risque pas d'arriver, puisque tu sais utiliser une arme à feu !

— Oui, mais je ne veux pas de dommages collatéraux.

— Mais ça arrivera forcement si tu l'affrontes.

— Pas si je peux le prendre par surprise, et dans un lieu éloigné de tous.

— C'est vraiment ce que tu veux ?

— Oui.

— Pour ta gouverne je suis totalement opposé à cette idée !

— J'en prends note, mais je ne changerai pas d'avis pour autant.

C'est alors que Guillaume se mit à marmonner dans sa barbe :

— On verra si tu auras ton mot à dire quand Paul sera là.

La réaction de Guillaume fit rire Catarina.

— J'ai entendu Guillaume, et c'est tout vu, je ne changerai pas d'avis.

Paolo regardait sa nièce pendant qu'elle déjeunait, et alors il se dit qu'elle était vraiment incroyable. Et qu'il avait beaucoup de chance de l'avoir à ses côtés.

— Oncle Paolo, je serais plus rassurée si tu restais auprès de tante Gina aujourd'hui.

— Mais je dois prévenir toute l'équipe de recherches lorsque tu auras attrapé le Fossoyeur.

— Et tu le feras, mais je me sentirai plus rassurée si je sais tante Gina en sécurité. Et qui est mieux placé que toi pour veiller sur elle ?

— Et tu crois vraiment qu'en me disant ça, je vais quitter le restaurant ?

— Comment ça ? D'accord oncle Paolo, je ne te veux pas dans le restaurant quand j'irai au palais de justice, pour le cas où je me serais trompée, on ne sait jamais.

— De toute façon je ne pourrai pas rester près d'elle, car les policiers qui gardent sa chambre ne me laisseront pas entrer.

— Ne t'inquiète pas pour ça oncle Paolo, je vais appeler Paul pour qu'il informe les policiers qui surveillent sa chambre de ta venue. Mais tu devras rester avec elle jusqu'à ce qu'on ait appréhendé le Fossoyeur.

— D'accord, mais toi tu dois me promettre de faire très attention et de ne pas prendre de risques inutiles.

— Tu n'as rien à craindre à ce sujet oncle Paolo, tu me connais !

— Justement, c'est pour ça que je ne suis pas du tout rassuré.

— Franchement oncle Paolo, tu n'as rien à craindre, car aujourd'hui l'endroit le plus surveillé de tout Paris c'est bien le palais de justice. Non seulement il y aura une multitude de policiers, mais en plus les chiens de la brigade canine. Sans compter que j'ai les meilleurs gardes du corps dont une personne puisse rêver.

— Et tu parles de qui ?

— De Guillaume, Paul, Simon, et tous ceux qui me connaissent. Parce que tu crois vraiment qu'ils ne vont pas tout faire pour me protéger ? Ce n'est pas parce que vous ne dites rien que je ne sais pas ce que vous pensez tous !

— Admettons que tu aies raison, mais je ne dis pas que ce soit le cas. Ce qui veut dire que tu ne dois rien tenter de dangereux pour ne pas mettre la vie de tes amis en danger.

— Ne t'en fais pas oncle Paolo, je ne commettrai aucune imprudence. Je vais appeler Paul afin qu'il prévienne l'homme de garde de ta venue.

Catarina se prépara et prit son petit déjeuner avant de s'en aller avec Guillaume retrouver Paul et l'équipe des anciens du RAID.

— Bonjour les amis, vous voulez prendre quelque chose avant de partir au palais de justice ?

— Non merci, Catarina, répondit Paul. Nous avons tous déjeuné. J'ai mis toute l'équipe de surveillance au courant depuis hier soir. Pour ce qui est de la brigade canine, elle est déjà sur place depuis cinq heures du matin, heure à laquelle le camion de livraison des produits alimentaires est arrivé.

— Les chiens étaient cachés dans le camion d'alimentation ?

— Oui, comme prévu.

— Et pour ce qui est du prisonnier que recherche le Fossoyeur ?

— Il sera conduit au palais de justice sous bonne escorte. Dès sa sortie de prison, des motards escorteront le fourgon cellulaire jusqu'au palais de justice. Il y aura des hommes armés dans tout le palais de justice, et nos amis ici présents seront aussi armés.

Quant à toi, tu n'auras pas d'arme à feu, mais je te donnerai un couteau de chasse. Juste pour que tu ne lui facilites pas trop la tâche au Fossoyeur, quand même.

— D'accord, je prendrai ton couteau de chasse.
— Je te le donnerai une fois à l'intérieur du palais. Mais il ne doit servir qu'à te défendre.
— Bien entendu ! Tu me connais !
— Justement…
— Mais qu'est-ce que vous avez tous à me dire la même chose ! À vous entendre je suis un vrai danger public.
— Ce n'est pas vraiment ça, mais presque ! lui répondit Paul un sourire aux lèvres.
— Et tout ça pour une petite erreur d'appréciation ! dit-elle la mine boudeuse.
—Trêve de plaisanterie Catarina, fais très attention à toi et tiens-toi sur tes gardes surtout.
— Je le ferai c'est promis. Mais allons-y à présent ou nous risquons d'arriver après la bataille.

Conscients de la gravité de la situation tous se mirent en route sans dire un mot. Jamais Guillaume n'avait conduit aussi vite pour arriver au palais de justice, tout en prenant soin de feinter tous les radars qui pouvaient se trouver sur leur chemin.

— Je vois que tu connais l'emplacement des radars, dit Catarina quelque peu surprise.
— Oui, dès que l'un d'entre nous en repère un, il le signale aux autres par radio.
— C'est astucieux comme principe. Dommage qu'on n'ait pas la même chose pour les tueurs en série, ça nous ferait gagner beaucoup de temps.
— Catarina, dit Guillaume très sérieusement en conduisant. Tu veux vraiment aller au palais de justice ?

— Non Guillaume, ce n'est pas ce que je veux, mais il le faut sans quoi tante Gina et oncle Paolo seront toujours en danger. Et il est hors de question que je reste là à ne rien faire, en attendant qu'il leur arrive malheur.

— Mais Simon et les autres pourront très bien se charger de lui.

— Ils ne le trouveraient pas même au milieu d'un carrefour. Je ne dis pas qu'ils soient incompétents, loin de moi cette idée. Seulement c'est moi qu'il attend et il ne se montrera que lorsqu'il me verra et pas avant.

— Pourtant il veut s'en prendre à l'assassin de sa fille.

— Oui, et il tentera de le faire, c'est pour cette raison que nous sommes là.

— D'accord, de toute façon je n'ai pas l'intention de te quitter des yeux.

— Je n'ai aucun doute à ce sujet, répondit-elle en lui faisant une bise sur la joue.

Dès cet instant ils gardèrent le silence jusqu'à ce qu'ils arrivent au palais de justice. Guillaume laissa Catarina devant l'entrée principale, afin que le Fossoyeur puisse la voir d'où il se trouvait. Tandis que Paul, Simon et les anciens membres du RAID garaient leurs véhicules sur les places réservées aux véhicules de police. Afin d'éviter que Guillaume ne voie son véhicule embarqué par la fourrière, Simon plaça un papier officiel sur le pare-brise, spécifiant que c'était un véhicule de police. Puis ils entrèrent, non sans avoir fait sonner tous les portiques de sécurité avec leurs armes.

Simon s'adressa au policier responsable de la sécurité, afin de s'assurer que toute l'équipe était bien en place pour intervenir dès que le Fossoyeur bougerait.

— Il y a des policiers en uniforme et en civil dans tout le palais de justice, sans compter que la brigade canine a tout inspecté depuis son arrivée.

— Bien, dans ce cas nous allons nous joindre à eux.

Après avoir passé le portique, Paul donna à Catarina le grand couteau de chasse qu'il avait apporté pour elle. Catarina cacha le couteau à l'arrière de son pantalon en le passant dans la ceinture pour qu'il soit maintenu, lui permettant ainsi d'avoir les mains libres.

— Tu es prête Catarina ?

— Oui, ne t'en fais pas pour moi, on continue comme prévu.

Une fois dans le hall du palais de justice tous se dispersèrent et prirent position à des points stratégiques afin d'avoir un bon angle de vue pour intervenir le moment venu.

Guillaume se positionna à l'entrée du palais de justice, Paul en face de la salle d'audience où devait se jouer la libération de l'homme qui avait tué Angélina, tandis que Simon, lui, allait surveiller la sortie. En espérant que le prisonnier entre par-là sous bonne escorte. Quant à Catarina elle se promenait au sein même du palais de justice, sans même prendre la peine de se cacher. Elle était ainsi sûre d'être vue par le Fossoyeur et par là-même d'avoir toutes les chances de le repérer à son tour pour l'empêcher de s'en prendre au prisonnier.

Des centaines de personnes firent leur entrée dans le palais de justice dès son ouverture. Certaines d'entre elles se dirigeaient vers la salle d'audience où devait avoir lieu leur jugement. Les heures s'égrenaient inlassablement, et pendant ce temps des centaines de personnes entraient et sortaient du palais de justice. Parmi la foule se trouvaient des prisonniers, des juges et des avocats accompagnés de leurs clients. Et de nombreux touristes qui trouvaient l'enceinte du palais de justice fascinante et toute aussi digne d'intérêt que la Tour Eiffel.

Le détecteur de métaux du système de sécurité n'arrêtait pas de sonner à chaque fois que quelqu'un passait le détecteur avec une boucle de ceinture, un coupe-ongles, une lime, un canif, des pièces de monnaie ou même un fauteuil roulant.

À chaque fois l'enceinte ne lui était autorisée que si il ou elle laissait son canif, coupe-ongles ou lime à l'extérieur ; et à chaque fois c'était la même histoire : les touristes refusaient de se séparer de ce qui leur appartenait et donc l'entrée leur était interdite.

Quant aux personnes en fauteuil roulant, on leur passait un détecteur de métaux manuel sur le corps pour s'assurer qu'elles n'étaient pas armées. Et lorsqu'elles montraient leur convocation, on les laissait passer.

Un vieil homme, poussé par son petit-fils, passait justement le portique de sécurité quand celui-ci se mit tout à coup à sonner.

— Et voilà ! Ça continue ! dit le vieil homme à son petit-fils.

— Tu avais raison grand-père, il sonne lui aussi. Décidément pas un seul ne t'aura échappé.

— Ne vous en faites pas nous avons l'habitude, répondit le policier qui s'occupait du portique de sécurité. C'est dû au fait que votre fauteuil roulant est un vieux modèle, et c'est sa composition elle-même qui affole toute la machine. Auriez-vous dans vos poches des pièces de monnaie, des clefs, un coupe-ongles….

— J'ai les clefs de la maison, et des pièces.

— Pourriez-vous mettre tout cela dans ce panier ? Et repasser sous le portique, si vous sonnez toujours on vous….

— Si la jeune policière qui est là-bas veut me faire une fouille corporelle, je suis tout à fait d'accord, dit le vieille homme avec un large sourire d'où on distinguait une bouche à moitié édentée.

— Grand-père ! s'écria son petit-fils, tout en s'excusant devant les policiers des manières quelque peu familières du vieil homme.

— Eh ! À mon âge on saute sur toutes les occasions ! En plus, dit-il avec un regard de merlan frit, elle aurait égayé ma terne journée. Car sans vous offenser messieurs les policiers, ce n'est pas avec joie que je viens au palais de justice.

Et s'adressant à toutes les personnes présentes, il dit :

— Vous rendez-vous compte qu'on m'a verbalisé pour excès de vitesse, j'aurais soi-disant conduit à 200km heure avec ce fauteuil roulant ! Et pas qu'une fois, mais 20 fois ! C'est d'un ridicule et comme j'ai refusé de payer les amendes, je me retrouve ici.

Toutes les personnes présentes compatissaient avec le vieil homme, tout en trouvant ridicule ce qui lui arrivait.

— Ne vous en faites pas monsieur, tout va s'arranger, vous verrez. Ici vous aurez affaire à un juge et non pas à une machine. En plus l'agent qui vous a mis ces contraventions doit se présenter devant le juge, et il sera bien en peine de justifier ces PV.

— J'espère que vous avez raison monsieur, répondit-il au policier qui était préposé au portique de sécurité.

Là-dessus le vieil homme prit congé du service de sécurité pour se rendre à l'intérieur du palais de justice. Lorsqu'ils arrivèrent dans le hall d'entrée, celui-ci ressemblait déjà à une véritable fourmilière, tant les gens circulaient dans tous les sens. Le vieil homme s'adressa à son petit-fils pour lui demander de le conduire dans chaque recoin du hall afin qu'il puisse en admirer l'architecture.

Les minutes s'égrenaient lentement jusqu'au moment où la brigade canine refit son apparition dans le hall du palais de justice. Mais cette fois-ci, les chiens eurent une réaction totalement différente, car ils avaient senti la présence du Fossoyeur. Immédiatement ils se mirent à suivre sa piste, alertant Catarina au passage. Quand soudain ils se mirent à éternuer, sans raison apparente et à devenir incontrôlables. La scène qui au début fit sourire les personnes présentes, changea tout à coup lorsque les policiers de la brigade canine ne purent plus contrôler leurs chiens. Et c'est alors que quelqu'un cria dans le hall :

— C'est du gaz sarin ! Il faut sortir ou on va tous mourir !

Immédiatement une véritable marée humaine se précipita vers la sortie au moment où on amenait sous bonne escorte le prisonnier que le Fossoyeur et Catarina attendaient avec impatience.

Le déferlement humain fut tel que le prisonnier fut séparé de ses gardiens, les empêchant ainsi de le protéger. Au même instant le vieil homme dans son fauteuil roulant fut séparé de son petit-fils et lancé à toute vitesse contre le prisonnier, qui instinctivement se pencha vers le vieil homme pour l'arrêter dans sa course folle. Sous l'arrêt brutal, le vieil homme bascula vers l'avant et se raccrocha au prisonnier. Son visage était à la hauteur de l'oreille du prisonnier, et alors qu'il lui chuchotait quelque chose à l'oreille, celui-ci devint blanc comme un linge, avec des yeux exorbités d'effroi.

Catarina, qui avait assisté impuissante au mouvement de panique et à la scène du fauteuil roulant, comprit tout à coup que le vieil homme n'en était pas réellement un, mais qu'il s'agissait sans aucun doute du Fossoyeur sous un déguisement de vieillard. Avant même qu'elle n'alerte Simon et ses hommes, elle vit le vieil homme quitter son fauteuil, sans que quiconque lui barre le chemin. Elle regarda autour d'elle et vit que la brigade canine était à l'extérieur du palais de justice ainsi que Paul, Simon et Guillaume qui avaient été happés par la marée humaine.

Pendant ce temps le Fossoyeur se dirigeait tranquillement vers la sortie. Sans même penser aux conséquences Catarina se planta devant lui pour l'empêcher de s'enfuir. L'espace d'un instant le temps semblait s'être arrêté et les deux adversaires se regardèrent dans les yeux sans même battre des cils. Ils savaient que l'affrontement final était enfin arrivé, et aucun des deux n'avait l'intention de faire marche arrière.

Le Fossoyeur prit à pleines mains le couteau avec lequel il avait coupé l'artère fémorale du prisonnier quelques secondes auparavant, et s'élança sur Catarina pour le lui planter en plein cœur. Mais Catarina, contrairement à ce qu'il aurait cru, ne bougea pas ; avant même qu'il ne comprenne ce qui se passait, elle prit le couteau de chasse que Simon lui avait donné pour se protéger du Fossoyeur et d'un mouvement d'épaules, le lui lança en pleine poitrine. La lame du coutelas vint se planter en plein cœur, l'arrêtant net dans sa course. L'homme tomba à genoux, et lâcha le couteau qu'il avait dans la main. Il arracha le couteau de sa poitrine et regarda Catarina qui s'était agenouillée face à lui. Avec du sang plein la bouche il lui dit avant de mourir :

— Vous ne m'avez laissé aucune chance !

— Je ne voulais pas en arriver là, mais vous ne m'avez pas laissé le choix.

Et il tomba mort dans ses bras.

Lorsque Paul, Simon et Guillaume furent dans le hall et qu'ils virent Catarina à genoux par terre avec le vieil homme dans les bras et les mains pleines de sang, ils crurent que le sang qui se répandait sur le sol était le sien. Et la peur leur glaça le sang, tandis qu'ils couraient vers elle.

— Catarina ! Tu es blessée ?

— Non, je vais bien, ne vous en faites pas. Ce n'est pas mon sang que j'ai sur les mains, mais celui du Fossoyeur.

— Le Fossoyeur ?

— Oui, ce vieil homme n'en est pas un.

Alors qu'elle leur parlait, elle tira sur son visage pour décoller le masque qu'il portait comme une seconde peau.

— Quant à l'assassin de sa fille, il ne tuera plus jamais personne.

Et tandis qu'elle disait cela son regard se dirigea vers le prisonnier qui gisait à terre dans une mare de sang.

— Mais comment a-t-il réussi à passer les contrôles de sécurité et à s'approcher du prisonnier sans que personne ne voie rien ? demanda Simon en colère.

— Son fauteuil a sans doute sonné au portique de sécurité, mais on n'interdit pas les fauteuils roulants dans l'enceinte du palais de justice. Quant au couteau qu'il a utilisé il ne risquait pas de sonner, puisqu'il est en plastique et sa lame est toute aussi coupante qu'une lame de rasoir. Il a dû passer pas mal de temps à chercher la bonne épaisseur pour en faire une arme mortelle. Et je suis persuadée qu'il a mis des caméras de surveillance dans le hall du palais de justice, car il savait que la brigade canine serait là.

— Mais c'est impossible ! Jamais il n'aurait pu poser des caméras sans être vu !

— Et pourtant il l'a fait. Tu n'as pas remarqué la réaction des chiens lorsqu'ils ont senti sa présence ?

— Si, ils ont commencé à suivre sa piste, mais dès qu'ils se sont approchés d'un des murs d'angle ils sont devenus incontrôlables.

— Je suis certaine que le Fossoyeur a mis quelque chose par terre à leur attention, afin de bloquer leur odorat pour avoir le champ libre et ainsi entrer en action. Ensuite ça a été un jeu d'enfants pour lui. Il a sûrement demandé à son soi-disant petit fils de crier qu'il y avait du gaz sarin dans le hall, déclenchant ainsi un véritable vent de panique. Et profitant de ce mouvement de foule, il lui a demandé de lancer son fauteuil roulant sur le prisonnier. Après ce fut facile pour le Fossoyeur, car il n'avait plus qu'à faire semblant de tomber sur le prisonnier. Tandis que celui-ci tenterait de l'arrêter comme il pouvait avec ses menottes au poignet. Seulement voilà, lorsqu'il comprit que le vieil homme n'en était pas un, c'était déjà trop tard. Car le vieil homme n'était pas en train de s'agripper à lui pour ne pas tomber, mais plutôt le contraire : il le maintenait fermement serré pour l'empêcher de bouger. Ce qui fit qu'il n'a pas pu se défendre lorsque le Fossoyeur lui a sectionné l'artère fémorale avec son couteau. Et les mots qu'il lui a chuchotés à l'oreille l'ont effrayé à tel point qu'ils ont accéléré les battements de son cœur, accentuant par là-même le flux sanguin, et donc la perte massive de sang au niveau de la blessure. Si bien qu'en quelques minutes il n'avait plus de sang dans les artères. Et ce n'est que lorsque l'assassin de sa fille a rendu son dernier soupir, qu'il l'a lâché pour s'extraire le plus naturellement du monde de son fauteuil roulant, se mélanger à la foule et quitter tranquillement le palais de justice, sans que personne n'intervienne.

— C'est ce qui serait arrivé si tu ne l'avais pas reconnu, dit Simon.

Guillaume s'était approché des colonnes où les chiens avaient eu une réaction désordonnée et inquiétante. En y regardant de plus près, il vit qu'une poudre grise était répandue sur le sol ; il en prit un peu entre ses doigts et l'approcha de son visage pour mieux se rendre compte de ce dont il s'agissait. Et là ni une ni deux, il se mit à éternuer sans s'arrêter, à tel point qu'il en pleurait.

— Je sais à présent pourquoi les chiens ont agi de la sorte : le Fossoyeur a mis du poivre par terre, afin que les chiens le reniflent. Il savait qu'en respirant le poivre, ils perdraient leur odorat et donc sa trace. Il savait que l'irritation de leur conduit olfactif les rendrait inoffensifs.

— Cela prouve bien qu'il savait qu'il y avait des chiens dans l'enceinte du palais de justice, dit Catarina en les regardant. Il faut absolument qu'on trouve ces caméras comme ça tes experts pourront suivre le signal jusqu'à l'endroit où il était caché. À moins qu'il n'ait quelque chose dans ses poches qui nous conduise jusqu'à son domicile.

Simon revint vers Catarina après s'être assuré que le prisonnier était bien mort. Il s'approcha du Fossoyeur et chercha dans ses poches une pièce d'identité, ou un quelconque indice. Il trouva une convocation correspondant à la salle d'audience où l'assassin de son enfant devait se présenter en appel, pour un soi-disant excès de vitesse.

— Pour ce qui est du nom et de l'adresse figurant sur cette convocation, peut-être qu'avec un peu de chance, ils nous conduiront à sa cachette ?

— Franchement Simon j'en doute, ça serait beaucoup trop facile. Car jusqu'à maintenant il n'a fait que brouiller les pistes.

— Bon, admettons que tu aies raison, voyons voir s'il a autre chose dans ses poches.

En fouillant sa veste, il trouva dans une des poches intérieures une enveloppe adressée à « Maty H détective privée ».

Simon prit la lettre et la tendit à Catarina, qui la lut à voix haute :

— Bonjour détective Maty H
Félicitations pour votre victoire !
C'était un réel plaisir de vous avoir comme adversaire.
Quelque part je regrette que la partie soit terminée.
Car vous avez été à la hauteur de mes espérances.
Puisse mon geste servir de leçon aux juges et aux jurés.
Pour qu'à l'avenir ils y réfléchissent à deux fois avant de libérer un assassin d'enfants.
S'ils ne veulent pas un jour finir comme mes victimes.
Le Fossoyeur au masque d'argent.

— Il savait que je serais là ! dit Catarina en le regardant.
— Oui, et il savait que l'un de vous deux y resterait. Catarina, si tu ne l'avais pas tué, c'est toi qui serais morte à l'heure qu'il est. Tu n'as pas à te faire de reproches.
— Je ne m'en fais pas Simon, seulement je me dis que si j'avais pu le retrouver beaucoup plus tôt, ce carnage aurait pu être évité. Car après tout on était pareils tous les deux, prêts à tout pour ceux qu'on aime.
— Non Catarina, tu n'as pas tenté de le retrouver pour te faire justice, mais pour que la justice s'occupe de lui et l'empêche de faire du mal à d'autres personnes. Mais maintenant qu'il est définitivement hors d'état de nuire tu

devrais aller retrouver Gina à l'hôpital. Moi je me charge de faire venir la police scientifique, ainsi qu'un technicien expérimenté pour retrouver et suivre les signaux des caméras espions jusqu'au point d'observation. Dès qu'on aura trouvé son repaire je t'appellerai.

— C'est promis ?

— Oui. Allez, pars avec Guillaume retrouver Gina. Je vais prévenir le policier qui surveille sa chambre qu'il peut retourner au commissariat. Si jamais ta tante a le feu vert pour quitter l'hôpital, préviens-moi.

— Je le ferai ne t'en fais pas.

Guillaume, qui se tenait juste derrière Catarina, fit un signe de tête à Simon pour lui signifier qu'à partir de maintenant il se chargeait de Catarina.

— Par contre Catarina, tu devrais te changer avant d'aller retrouver ta tante…

En l'entendant dire cela, elle regarda ses affaires et vit qu'elles étaient maculées de sang.

— Oui, je crois que tu as raison, je vais faire un détour par l'appartement, et ensuite nous nous rendrons à l'hôpital retrouver tante Gina et oncle Paolo.

— Lorsque tu enlèveras tes vêtements, tu les mettras dans un sac poubelle que tu donneras à la police scientifique lorsqu'on aura trouvé le repaire du Fossoyeur.

— D'accord Simon, je le ferai. À tout à l'heure !

Catarina et Guillaume quittèrent le palais de justice pour se rendre dans les appartements de Gina.

Une fois sur place Catarina s'enferma dans la salle de bains pour enlever les vêtements qu'elle portait. Elle les plaça dans un sac poubelle, tel que Simon le lui avait demandé. Lorsque ce fut fait elle passa sous la douche pour se défaire de toute trace de sang. Une fois douchée de la tête aux pieds elle enfila son peignoir et alla dans sa chambre pour prendre des vêtements propres, avant de retrouver Guillaume dans la cuisine.

— Alors, tu te sens mieux à présent ?

— Oui, et j'ai hâte de retourner à l'hôpital retrouver tante Gina et oncle Paolo.

— Tu veux boire quelque chose avant de partir ?

— Non, je te remercie.

— Bon dans ce cas on peut partir. Et n'oublie pas de prendre avec toi les vêtements que tu portais au palais de justice pour les donner à la police scientifique.

— Pas de problème, je vais les chercher dans la salle de bains, je les avais déjà mis dans un sac poubelle de toute façon.

Sitôt le sac en main, ils descendirent retrouver leur véhicule. Guillaume rangea le sac dans le coffre et se rendit avec Catarina à l'hôpital de la Salpêtrière.

Une fois sur place ils allèrent retrouver Gina, et arrivés devant la porte de sa chambre, Catarina remarqua que le policier en faction n'y était plus.

— Simon a dû le rappeler, maintenant que le Fossoyeur est mort et que tante Gina est hors de danger, dit Catarina à Guillaume.

— Oui, je crois que tu as raison.

Catarina frappa à la porte et tout en l'ouvrant un peu elle demanda :

— Est-ce que tout le monde est décent dans cette chambre ? Je peux entrer sans être traumatisée à vie par le spectacle qui s'offrira à moi ?

— Entre donc Catarina ! lui dit Gina, toute heureuse de l'entendre. Et sache, jeune fille que je ne fais rien que tu ne fasses toi-même, dit-elle avec un grand sourire.

En entrant dans la chambre elle trouva son oncle assis sur le lit, et sa tante Gina pelotonnée dans ses bras. Elle tendit les bras à Catarina pour la serrer tout contre elle.

— Catarina, ma chérie ! Tu m'as tellement manqué !

— Tout va bien tante Gina, je suis là.

— Catarina, tu as réussi à attraper le Fossoyeur ? demanda son oncle.

— Oui oncle Paolo, et plus jamais il ne fera de mal à qui que ce soit.

Au même instant Guillaume entra dans la chambre.

— Je vois qu'il y a des câlins pour tout le monde, sauf pour moi ! dit-il les sourcils froncés.

Gina le regarda en souriant tout en lui tendant la main pour qu'il se joigne à eux. Une fois à sa hauteur, elle le prit dans ses bras et l'embrassa sur la joue avant de le remercier.

— Merci Guillaume, pour tout ce que tu as fait pour moi et ma famille.

— Je n'ai rien fait de plus que tu n'aies fait pour moi jadis. N'oublie pas, Gina, qu'on est une famille ! Et que si l'un d'entre nous a besoin d'aide, les autres seront toujours là pour l'épauler.

— Tante Gina, tu as vu le médecin aujourd'hui ?

— Oui, il m'a dit que je pourrai rentrer à la maison aujourd'hui.

— Il t'a dit à quelle heure tu aurais les papiers de sortie ?

— Non, je suppose qu'il veut avoir l'accord de Simon avant. Puisque c'est lui qui a exigé que l'hôpital me garde en observation durant plusieurs jours. Et sous bonne escorte.

— Peut-être que c'est ça, mais pour plus de sûreté, je vais demander.

Après l'avoir embrassé une fois de plus sur la joue, elle sortit de la chambre pour aller retrouver l'infirmière en chef du service, et l'interrogea sur la sortie prochaine de sa tante Gina.

Quelques minutes plus tard Catarina retourna dans la chambre pour les prévenir.

— Le médecin du service vient de m'indiquer que tu peux quitter l'établissement dès à présent. Mais que tu devras impérativement prendre quelques jours de repos avant de reprendre le travail.

— Ne t'en fais pas pour ça, elle fera très exactement ce que le médecin a recommandé, je m'en porte garant.

— Tante Gina tu as des affaires pour ta sortie ?

— Non, la police a gardé les vêtements que je portais. Et comme je ne connaissais pas ma date de sortie, je n'ai pas demandé à ton oncle de m'en rapporter.

— Ce n'est pas grave tante Gina, je vais retourner à l'appartement avec Guillaume et on te prendra quelques affaires.

Sitôt dit, sitôt fait, Catarina et Guillaume retournèrent à l'appartement prendre toutes les affaires dont Gina pourrait avoir besoin. Une fois à l'hôpital elle se changea pendant que Catarina allait chercher les papiers de sortie. Et lorsque tous les documents furent en règle, une infirmière installa Gina dans un fauteuil roulant et la conduisit jusqu'à la sortie, afin que Guillaume puisse la faire monter dans son véhicule.

— Vous êtes tous prêts pour rentrer à la maison ?

— Et comment ! dit Gina. Ça fait une éternité que j'attends ça !

— Alors ne perdons plus de temps ! dit joyeusement Guillaume.

Et c'est dans la bonne humeur qu'ils retournèrent à l'appartement. Devant le restaurant, Gina changea de visage, et Catarina, qui l'avait remarqué, posa sa main sur la sienne pour la rassurer.

— Il n'est plus là tante Gina, tu n'as plus rien à craindre, lui dit-elle tout doucement. Actuellement c'est le médecin légiste qui s'occupe de lui.

— Oui, je sais, mais c'est la première fois que je reviens depuis mon enlèvement, ça ira mieux dans quelques jours.

— Je l'espère bien, car dans quelques jours il va y avoir une grande fête au restaurant en présence de tous nos amis, et tu seras l'invitée d'honneur. Et j'ai bien l'intention de te voir t'y amuser.

Et tandis qu'elle aidait sa tante à descendre de la voiture, elle reçut un appel de Simon.

— Catarina, tu peux revenir au palais de justice car on a du nouveau.

Elle se tourna vers son oncle et avant même qu'elle lui dise quoi que ce soit, il lui dit qu'elle pouvait y aller avec

Guillaume, car à partir de là il pouvait très bien s'occuper seul de sa tante.

— Tu en es sûr oncle Paolo ?

— Certain. Allez ne perds pas de temps, Simon t'attend.

Après les avoir embrassés, Guillaume et Catarina remontèrent en voiture, et s'en allèrent rejoindre Simon au palais de justice. Une fois sur place ils garèrent la voiture sur une des places réservées aux véhicules de police et s'en allèrent passer le contrôle de sécurité. Après avoir parcouru la distance qui les séparait du hall du palais de justice, ils retrouvèrent Simon, qui les attendait avec la scientifique ainsi que le technicien à qui Paul avait fait appel pour trouver les caméras espions que le Fossoyeur avait dissimulées dans l'enceinte du palais de justice.

— Alors Simon, quelles sont les nouvelles ?

— Oui, eh bien Benoît ici présent a trouvé six caméras miniatures dissimulées sur divers piliers du hall ; c'est comme ça que le Fossoyeur a su que nous avions fait appel à la brigade canine.

— Et Dieu seul sait depuis quand elles sont là, étant donné qu'il a changé d'apparence pour entrer dans l'enceinte du palais de justice. Mais je suis quasiment sûre qu'il est venu en fauteuil roulant, sans quoi les caméras auraient été interceptées par le contrôle de sécurité. Alors que cachées dans un fauteuil roulant, elles sont passées inaperçues aux yeux de tous.

— Je crois que tu as raison. Je demanderai un mandat au juge pour réquisitionner tous les enregistrements vidéo des caméras de surveillance.

— Et avez-vous trouvé où il était caché ces derniers jours ? demanda-t-elle tout en regardant le technicien de la police scientifique.

— Pas encore, mais ça ne devrait plus tarder.

— Ça y est ! Je l'ai !

— Alors ?

— Il est localisé dans l'immeuble au 22, rue Séguier dans le 6ème arrondissement.

— Waouh ! s'exclama Catarina. Et vous savez à quel étage ?

— Catarina ! répondit Simon tout en bougeant la tête, comme pour lui faire comprendre qu'elle exagérait un tantinet.

— Ben quoi, on peut toujours rêver !

— Merci pour ton aide Benoît ; nous allons nous rendre sur place et nous ferons du porte-à-porte jusqu'à ce qu'on trouve l'appartement dans lequel il se cachait. De toute façon nous aurons besoin d'un mandat de perquisition et d'un serrurier pour ouvrir les portes qui nous sembleront suspectes.

— On peut vraiment dire qu'on a une veine de cocu que cette affaire ait eu lieu au palais de justice, car on a tout ce qu'il nous faut sous la main. Oh zut ! J'aurais peut-être pas dû dire ça, peut-être que vous l'êtes mais je l'ignorais, je vous assure.

— Catarina !

— Non, mais je comprends, ne vous en faites pas, comme dit le proverbe, une de perdue, dix de retrouvées.

— Catarina !

— Je vous présenterai plein de monde et tout ira bien vous verrez.

Et tandis que Simon essayait d'en placer une, Catarina s'enfonçait de plus en plus sous le regard amusé de Benoît.

— Je ne suis pas cocu !

— Ouf ! Je me sens soulagée ! dit-elle avec un grand soupir.

— Je vois qu'on ne s'ennuie pas avec vous détective.

— Dites donc Inspecteur, vous auriez quand même pu me le dire avant, au lieu de me laisser...

— Te ridiculiser ! lui dit-il.

— Tout à fait. Mais au fait maintenant que j'y pense vous êtes marié ? Célibataire ? Enfin en un mot comme en cent, êtes-vous déjà accroché à un hameçon ?

— Et si nous allions plutôt chercher le dernier repaire du Fossoyeur, je crois que ce serait beaucoup plus intéressant que ma vie privée.

— D'accord, mais ce n'est que partie remise.

— J'en prends note, répondit-il.

Avant de partir l'inspecteur Renoir alla trouver un des juges avec qui il avait l'habitude de travailler pour lui demander un mandat de perquisition pour tous les appartements de l'immeuble du 22 de la rue Séguier, afin de pouvoir mettre la main sur le repaire du Fossoyeur.

Guillaume conduisit Catarina sur place, suivi de près par l'inspecteur Renoir, de la police scientifique et de plusieurs véhicules de police. L'immeuble de quatre étages était actuellement en travaux de ravalement ; il y avait tout le long de la façade extérieure des échafaudages où des ouvriers s'activaient.

Une fois sur place l'inspecteur Renoir fit fermer la rue aux deux extrémités afin de ne pas être gêné dans son investigation, et ce n'est qu'ensuite qu'il entra dans l'immeuble avec Catarina, Guillaume et plusieurs de ses hommes. Il demanda à la police scientifique de les attendre en bas et à Benoît de les accompagner. Sitôt dans le hall de l'immeuble ils allèrent trouver le concierge pour lui poser quelques questions.

— Bonjour monsieur, je me présente je suis l'inspecteur Renoir et voici….

— La détective Maty H ! cria-t-il tout content, sans prêter la moindre attention à l'inspecteur Renoir. Oh là là ! Quand je vais raconter à ma famille que je vous ai vue, jamais on ne me croira. Vous permettez que je prenne une photo avec vous ?

— Bien sûr, mais avant j'aimerais vous poser quelques questions.

— C'est pour une nouvelle enquête ?

— Oui, c'est tout à fait ça. Catarina prit son téléphone et lui montra la photo du Fossoyeur. Avez-vous déjà vu cet homme dans les parages ?

Il prit le téléphone et regarda fixement la photo.

— Non, je n'ai jamais vu cet homme.

— D'accord, avez-vous vu de nouvelles personnes entrer ou sortir de l'immeuble ?

— Ça n'arrête pas ! Ce ravalement n'a pas seulement lieu à l'extérieur, mais aussi dans la cour, ce qui fait qu'on se croirait dans un vrai hall de gare.

— Je vois, dit Catarina. Dans ce cas prenons les choses autrement, y a-t-il dans l'immeuble une personne que vous aviez l'habitude de voir et que vous ne voyez plus depuis plusieurs jours ?

— Je ne vois pas. Laissez-moi réfléchir... Ah oui ! Maintenant que vous le dites, Monsieur et Madame Corbeille ! Avant ils venaient prendre leur courrier à la loge, mais depuis trois jours plus de nouvelles.

— Et c'est dans leur habitude d'agir de la sorte ?

— Non, depuis dix ans que je suis le concierge de cet immeuble, ce n'est jamais arrivé.

— Pourriez-vous me dire à quel étage ils habitent ?

— Bien sûr, ils habitent au 4ème étage porte B.

— Vous n'auriez pas un double de leur clef par hasard ? demanda Catarina.

— Non, je n'ai un double des clefs que lorsqu'ils partent en vacances, pour pouvoir arroser leurs plantes et donner à manger à leurs canaris.

— Ce n'est pas grave, on fera autrement.

Et regardant Simon dans les yeux, elle lui fit comprendre qu'il faudrait faire intervenir le serrurier.

Simon alla trouver les techniciens de la police scientifique pour leur demander s'ils n'avaient pas trouvé des clefs sur le Fossoyeur avant de l'emmener.

— Non Inspecteur, il n'avait pas de clefs.

— Dans ce cas on n'a plus le choix, il va nous falloir un serrurier pour ouvrir une porte.

— Je me charge d'en faire venir un au plus vite.

— Parfait ! Dès qu'il arrive envoyez-le au quatrième étage.

— Bien monsieur.

Simon retrouva Catarina auprès du concierge avant de monter tous ensemble au quatrième étage. Une fois sur place ils firent évacuer les occupants de l'appartement 4A, pour mieux sécuriser les lieux.

— Inspecteur ! dit le technicien de la scientifique, le serrurier sera là dans vingt minutes tout au plus.

— Bien, nous attendrons dans ce cas.

C'est alors que Catarina prit la parole et dit :

— Inspecteur, je me disais que puisque toute la façade est recouverte d'échafaudages je pourrais grimper dessus et passer par la fenêtre. Comme ça le serrurier n'aura pas besoin de forcer la serrure.

— Non, Catarina, car nous ne savons pas si son complice est toujours à l'intérieur.

— Bon, dans ce cas je sonne à la porte et lorsqu'il ouvre je lui raconte n'importe quoi pour qu'il me laisse rentrer.

— Non.

— Mais on perd du temps bêtement !

— Non Catarina !

— Oh ! dit-elle furieuse, en mettant ses mains dans ses poches avant de s'assoir sur les marches de l'escalier.

Ils attendirent tous tranquillement que le serrurier arrive pour leur ouvrir la porte. Vingt minutes plus tard un policier amena le serrurier jusqu'à l'appartement de M. et Mme Corbeille.

— Il paraît que vous avez besoin de moi ! dit le nouveau venu.

— Oui, et je dirais même que vous étiez attendu comme le messie.

— C'est ce que je vois, parfois je me dis que je devrais emmener ma femme avec moi, rien que pour qu'elle se rende compte à quel point je suis demandé aux quatre coins de la ville.

Catarina le regarda avec de grands yeux, ne sachant trop où il voulait en venir.

C'est alors qu'il lui dit que sa femme le prenait pour son chauffeur, son masseur, son coiffeur, et son banquier.

— En fait elle est convaincue que toutes les personnes qui font appel à moi sont des femmes et qu'elles le font dans le seul but de me séduire.

— Inspecteur Renoir, ce sont vos intentions vis-à-vis de ce monsieur ? demanda-t-elle pour le taquiner.

Et pour contrer sa taquinerie il répondit:

— Ma foi ça dépend, est-il propriétaire d'un immense château aux terres viticoles ?

Catarina regarda le serrurier et lui répéta la question de l'inspecteur Renoir.

— Non, je suis juste logé par les HLM.

Catarina tenta de garder son sérieux quand elle répéta à l'inspecteur la réponse du serrurier.

— Hum ! dit-il. A-t-il des millions à profusion dans différentes banques ?

Catarina posa à nouveau la question au serrurier.

— Non, mais j'ai un compte qui est souvent dans le rouge. Et j'ai une femme avec des goûts de luxe. Est-ce que ça peut faire l'affaire ?

— Non, non, non. À moins que vous n'ayez un salaire de ministre ?

— J'ai un salaire pour lequel le peuple s'est battu. Je touche le SMIC ! dit-il fièrement.

Catarina regarda encore une fois l'inspecteur Renoir droit dans les yeux et lui répéta la réponse du serrurier.

— Alors dans ce cas mon beau monsieur, je crois, à mon corps défendant, que je ne ferai pas le malheur de votre femme en vous enlevant à elle. Continuez à faire son bonheur, et dans quelques années, lorsque vous serez vieux et grabataire, c'est elle qui aura le bonheur de vous rendre la pareille.

— Eh ! Ce n'est pas bête, je n'avais pas pensé à ça.

Catarina qui ne pouvait plus se retenir de rire dit à son ami l'inspecteur Renoir :

— Je ne vous savais pas aussi vénal Inspecteur !

— Que voulez-vous ce sont les aléas de la vie qui font que je le suis devenu.

Et se tournant vers le serrurier, l'inspecteur Renoir le prit dans ses bras tout en lui souriant.

— Alors Marc-Antoine comment vas-tu ?

— Bien et toi ?

— Comment ! Vous vous connaissez ? leur demanda Catarina, complètement ébahie.

— Et comment ! répondit l'inspecteur Renoir.

— Nous sommes des amis d'enfance ! dit le serrurier, et il est le parrain de ma petite fille.

— Waouh ! Alors là vous m'avez bien eue.

— Mais plus sérieusement, quel est le problème ? demanda le serrurier.

— On veut ouvrir cette porte sans la défoncer, mais on ignore qui se trouve à l'intérieur.

— Tu crois qu'il peut y avoir des hommes armés derrière cette porte ?

— Ça se peut.

— D'accord, j'ouvre cette porte et je m'éloigne au plus vite.

— C'est ça, mais quoi qu'il en soit je te couvre.

Marc-Antoine le serrurier prit ses instruments et son stéthoscope, et avant même que Catarina a compris ce qu'il faisait, il avait crocheté la serrure.

— Waouh ! Alors là je suis bluffée. Vous avez ouvert cette porte en à peine cinq minutes. Alors là chapeau !

— Éloignez-vous tous les deux de cette porte à présent, car c'est à mon tour d'agir, dit l'inspecteur Renoir.

Catarina et Marc-Antoine descendirent d'un étage pour laisser le champ libre à l'inspecteur et aux forces de police qui étaient en renfort derrière lui. L'inspecteur Renoir donna le signal, et en moins de temps qu'il ne faut pour le dire, ils ouvrirent la porte le plus silencieusement possible et entrèrent dans l'appartement l'arme à la main.

De l'étage en dessous Catarina entendait les policiers crier à plusieurs endroits de l'appartement :

— La cuisine RAS.

— Le salon RAS.

— La salle de bains RAS.

— La chambre RAS.

— La deuxième chambre... deux personnes ! cria un des policiers. Il y a un couple attaché sur le lit et ils sont en vie ! Faites venir les secours !

Immédiatement l'inspecteur Renoir se rendit dans la chambre et vit le couple de personnes âgées entièrement ligotées sur le lit avec du scotch sur la bouche. Le policier qui les avait trouvés coupa leur lien et les aida à s'asseoir sur le bord du lit.

Les pompiers montèrent dans la pièce pour s'occuper des deux victimes du Fossoyeur.

— Alors ? demanda l'inspecteur Renoir. Comment vont-ils ?

— Ils sont déshydratés, mais leur pronostic vital n'est pas engagé. On va les mettre immédiatement sous perfusion et les conduire à l'hôpital de la Salpêtrière.

Le médecin qui accompagnait les pompiers mit les deux victimes sous perfusion et après avoir contrôlé qu'elles étaient transportables, les fit évacuer vers l'hôpital.

L'inspecteur Renoir demanda à ce qu'on fasse venir Catarina.

— Inspecteur ? cria-t-elle depuis l'entrée.

— Je suis là Catarina, dans le bureau au fond du couloir, troisième porte à droite.

— C'est bon j'arrive !

Lorsqu'elle franchit la porte du bureau, elle remarqua un grand écran plat sur lequel apparaissaient dix carrés de même taille. Certains représentaient différents endroits du palais de justice. Toutes les images vidéo étaient enregistrées en direct sur l'ordinateur auquel l'écran était relié. Dans un coin de la pièce, posées sur la tablette de la cheminée, se trouvaient des perruques grisonnantes et juste en face, sur le dossier du fauteuil, des affaires d'hommes et de femmes ainsi que tout le nécessaire de maquillage.

— Tu avais raison Catarina, il espionnait bien le palais de justice, et il a dû s'y rendre sous l'un de ces déguisements. Car après tout, qui irait importuner une vieille femme qui a du mal à marcher, ou un vieil homme dans un fauteuil roulant ?

— Et pour son complice ? demanda Catarina.

— Je n'ai pas l'impression qu'il en ait un. Je crois plutôt qu'il a payé quelqu'un pour se faire passer pour son petit-fils.

— Une chose est sûre, il avait prévu son coup depuis longtemps. La seule chose qu'il n'avait pas prévue, c'est qu'en s'attaquant à tante Gina, c'est sa mort qu'il signait. Tu vas quand même donner la photo du jeune homme qui s'est fait passer pour son petit-fils aux journalistes ?

— Oui, car j'ai bien l'intention de tirer cette affaire au clair. Je vais aller à l'hôpital de la Salpêtrière pour interroger les deux dernières victimes du Fossoyeur. Tu m'accompagnes Catarina ?

— Et comment ! Plutôt deux fois qu'une.

Catarina et Guillaume allèrent retrouver leur véhicule, tandis que Simon montait dans une voiture de police pour se rendre à l'hôpital de la Salpêtrière. Arrivés sur place tous trois se rendirent dans la chambre des deux victimes. Et alors qu'ils entraient ils tombèrent sur le médecin de service.

— Bonjour Docteur, est-ce que Monsieur et Madame Corbeille sont en état de répondre à quelques questions ?

— Oui, mais à condition que ça ne dure pas plus de 5 minutes.

— D'accord.

— Bonjour, Inspecteur Renoir, et voici ma collègue la détective Maty H. J'aurais quelques questions à vous poser au sujet de votre agresseur.

— Nous ne le connaissions pas ! Il est entré de force chez nous, répondit Monsieur Corbeille.

— Oh, mais j'en suis sûr, répondit l'inspecteur Renoir. Non, ce que je voudrais savoir c'est s'il avait des complices ? L'avez-vous vu parler à quelqu'un lorsqu'il était chez vous ?

— Non.

— Vous a-t-il dit quelque chose ?

— Il nous a dit qu'il ne resterait pas longtemps, et que si nous restions tranquilles, il nous laisserait vivre, sans quoi il se débarrasserait de nous sans le moindre regret. Tout comme il l'avait déjà fait avec d'autres victimes. À son regard je savais qu'il ne mentait pas. Je lui ai dit que nous ferions tout ce qu'il voudrait, mais qu'il ne nous fasse pas de mal.

— Vous a-t-il dit pourquoi il vous avait séquestrés ?

— Non.

— Lorsqu'il a apporté toutes ses affaires chez vous, a-t-il obtenu de l'aide ?

— Je ne crois pas. Vous allez l'arrêter n'est-ce pas ?

— Vous n'avez plus rien à craindre de sa part, leur dit l'inspecteur Renoir. La détective Maty H l'a tué.

— C'est vrai ? Vous ne dites pas ça pour nous rassurer ?

— Non Monsieur Corbeille, votre agresseur est actuellement à la morgue et plus jamais il ne fera de mal à quiconque, dit Catarina pour le rassurer.

L'homme regarda Catarina dans les yeux, et vit qu'elle ne mentait pas. Tout à coup, les traits de son visage se détendirent, laissant derrière lui cette inquiétude qui le taraudait depuis son arrivée à l'hôpital.

— Nous allons vous laisser à présent, mais nous reviendrons vous voir demain.

Et alors qu'ils s'éloignaient de la chambre, ils entendirent un *merci* de soulagement et de reconnaissance. Une fois hors de la chambre Catarina dit à Simon :

— Je crois que l'hypothèse de l'homme qu'il a engagé pour jouer le rôle de son petit-fils est la plus probable.

— De toute façon, nous récupérerons son image grâce aux vidéos du palais de justice et nous la transmettrons aux journalistes ; je serais étonné qu'on n'ait pas de ses nouvelles d'ici 24 heures. Bien, maintenant que nous avons bouclé toute cette affaire, je crois que tu peux enfin te détendre, pour tout le reste ce n'est plus qu'une formalité. Toutes les preuves sont actuellement envoyées au laboratoire de la police scientifique. Quant à l'ordinateur du Fossoyeur j'ai demandé à ce qu'il soit déposé au commissariat du 8ème arrondissement, afin que l'un de mes techniciens travaille dessus. Mais quoi que j'apprenne je te tiendrai au courant. Allez, va retrouver ta tante et ton oncle.

— J'y vais et je préviendrai par la même occasion tous nos amis pour leur dire que cette quête est enfin terminée. Et dans deux jours vous êtes tous conviés à la grande fête que j'organiserai en l'honneur de ma tante Gina et de ses sauveurs. Nous nous retrouverons tous au restaurant de tante Gina.

— Quand à moi, je vais faire un appel à témoins pour l'homme qui s'est fait passer pour le petit-fils du Fossoyeur, et je donnerai sa photo à tous les journalistes. Je donnerai une conférence de presse pour que tout le monde sache qu'un tueur en série vient d'être abattu en plein palais de justice. Mais je voudrais que tu sois présente lorsque je leur parlerai.

— Simon, ce ne serait pas correct que j'apparaisse seule à la conférence de presse sans tous nos amis. Car si vous ne m'aviez pas tous aidée, tante Gina serait morte à l'heure qu'il est, et nous n'aurions rien à fêter. Attends deux jours pour faire ta conférence de presse et pour donner la photo du suspect aux journalistes, comme ça je tenterai de rassembler tout le monde afin qu'ils soient tous sur la photo.

— Je ne crois pas que tous accepteront qu'on les prenne en photo.

— De toute façon, qu'ils viennent ou pas, leur nom figurera sous la photo.

— D'accord Catarina, j'attendrai donc 2 jours pour faire cette conférence de presse, mais ce n'est plus qu'un secret de polichinelle, car ce qui est arrivé au palais de justice a déjà dû arriver jusqu'aux oreilles des journalistes.

— Sans doute, mais comme ils ne connaissent pas tous les détails de l'affaire, ils seront bien contraints d'attendre la conférence de presse pour faire leurs gros titres.

Après avoir pris congé de Simon, Catarina et Guillaume allèrent retrouver tante Gina à l'appartement. Et c'est avec joie que Catarina y trouva Anthony, qui discutait tranquillement à voix basse avec son oncle Paolo, tandis que sa tante Gina s'était endormie sur le canapé.

— Elle va bien ? demanda-t-elle à son oncle, tout en la regardant dormir.

— Oui, elle va bien maintenant.

Anthony se leva et alla la prendre dans ses bras avant de l'embrasser tendrement sur les lèvres.

— Toi aussi tu peux te reposer à présent Catarina, car tu en as grand besoin.

— On en a tous besoin, dit-elle en se pelotonnant contre son torse. Dans deux jours, quand tante Gina ira mieux, nous organiserons une très grande fête au restaurant en son honneur et celui de ses sauveurs. Ce jour-là, Simon voudrait donner une conférence de presse pour informer tout le monde que le Fossoyeur a été mis hors d'état de nuire. Et donner par la même occasion aux journalistes la photo de l'homme qui s'est fait passer pour son petit-fils, lui facilitant ainsi l'entrée au palais de justice en fauteuil roulant. Il espère ainsi mettre la main dessus, car lorsque l'homme verra son visage sur tous les journaux, je doute qu'il reste caché très longtemps.

Et tandis qu'ils allaient dans la cuisine se préparer quelque chose à grignoter, elle remarqua que son oncle avait laissé à son attention et à celle de Guillaume plusieurs sandwichs, des fruits et deux énormes parts de gâteau au chocolat. Dans la cafetière un délicieux café les attendait.

— Oh, oncle Paolo, dit-elle en voyant tout ce qu'il avait préparé.

Anthony vint la retrouver en cuisine, suivi de Guillaume.

— Guillaume ! Mais je n'ai même pas entendu la sonnette!

— Je n'ai pas eu à sonner, Anthony m'attendait devant la porte.

— Je ne voulais pas que la sonnerie réveille ta tante.

— Mais tu sais que j'ai beaucoup de chance d'avoir un petit ami aussi prévenant que toi ?

— Oui, c'est ce que je n'arrête pas de te dire, dit-il en riant.

Sitôt après avoir repris des forces, Guillaume prit congé de Catarina en lui disant qu'il repasserait dans quelques jours.

— Nous t'attendons tous pour la fête qui aura lieu dans deux jours au restaurant de tante Gina, ainsi qu'à la conférence de presse que Simon donnera juste avant dans la salle des mariages de la mairie du 8ème arrondissement, en présence du maire. Et tu diras aussi à ton employeur qu'il est convié à la fête !

— Ce sera fait.

Guillaume quitta ses amis, sans aucune inquiétude, car il les savait tous en sécurité. Il était très fatigué, mais rien qui ne se guérit par une bonne nuit de sommeil.

Anthony et ses amis reprirent leur travail, tandis que Simon continuait à rassembler toutes les preuves qu'il avait contre le Fossoyeur au masque l'argent. Et c'est justement dans son ordinateur que les techniciens trouvèrent un autre message à l'attention de Catarina. Après l'avoir visionné Simon demanda à Catarina de passer au commissariat.

— Bonjour Simon, tu as découvert de nouvelles choses sur le Fossoyeur ?

— Oui, en fait si on ne l'avait pas arrêté, sa prochaine victime, en dehors de toi, aurait été le juge qui a permis à l'assassin de son enfant d'être libre.

— En fait il n'avait pas l'intention d'arrêter, tant qu'ils ne seraient pas tous morts.
— C'est bien ce que je crois. Mais on a trouvé autre chose dans son ordinateur, un message vidéo qui t'est destiné.
— À moi ?
— Oui, il t'admirait bien qu'étant ton pire ennemi. Et il avait confiance en toi.
— Et que dit ce message ?
— Assieds-toi derrière mon ordinateur pendant que je lance la vidéo.

Bonjour détective Maty H.
Je sais que je ne suis plus de ce monde.
Sans quoi jamais vous ne seriez là à visionner
cette vidéo.
En tant qu'adversaire que je respecte,
Je n'ai qu'une seule requête à vous faire :
Celle d'être enterré auprès de ma femme et de
ma fille.
Elles ont été bien trop longtemps éloignées de
 moi.
Et pour ce qu'il me reste d'éternité,
Je veux veiller sur elles.
Le Fossoyeur au masque d'argent.
De mon vrai nom Alonzo Batista Santos.

Catarina regarda Simon et demanda :
— Tu crois qu'on pourra l'enterrer auprès de sa femme et de sa fille ?

— À mon avis ça devrait être faisable, surtout qu'il avait déjà tout payé, en prévision de ce jour. Nous avons trouvé tous les documents dans son ordinateur. Je suppose que tu voudras assister à son enterrement lorsque le médecin légiste aura fini son autopsie ?

— Oui, on a été adversaires et ennemis, mais je ne peux pas oublier la raison qui l'a poussé à agir de la sorte. Je n'émets aucun jugement à son encontre, car lorsqu'il s'en est pris à ma famille, j'ai moi aussi fait abstraction de la loi. Et tout ça parce que seul m'importait de retrouver ma tante en vie, et plus tard parce que je voulais l'empêcher de nuire à nouveau.

Deux jours plus tard, toutes les personnes qui l'avaient aidée à sauver sa tante Gina étaient présentes à la conférence de presse que Simon donna dans la grande salle des mariages de la mairie du 8ème arrondissement, devant une vingtaine de journalistes.

— Messieurs les journalistes, un peu de silence s'il vous plaît ! cria Simon du haut de l'estrade. Je suis ici pour vous annoncer que le Fossoyeur au masque l'argent ne sévira plus jamais en France ni ailleurs.

— Comment avez-vous réussi à lui mettre la main dessus, alors que ça fait des années que vous le pourchassez ? demanda un des journalistes.

— C'est la détective Maty H qui l'a arrêté dans sa fuite.

Immédiatement tous les journalistes se tournèrent vers elle pour lui poser mille questions.

Gardant son calme elle s'approcha du micro et dit :

— L'inspecteur Renoir n'a dit qu'une partie de la vérité, car il a omis de vous dire que c'est grâce à l'aide de toutes les personnes ici présentes, dont l'inspecteur lui-même, que ma tante Gina a été sauvée. Car elle aussi a été enlevée par le Fossoyeur. Et je peux vous dire que sans leur aide ce ne sont pas quinze victimes qu'on aurait aujourd'hui sur les bras, mais 22.

— Détective Maty H, ces personnes vous les aviez toutes connues lors de vos deux précédentes enquêtes n'est-ce pas ?

— Tout à fait. Et lorsque j'ai eu besoin de leur aide elles n'ont pas hésité un seul instant à me prêter main forte. Elles m'ont aidée jour et nuit, durant les 7 jours où j'ai traqué le Fossoyeur.

— Depuis que vous êtes devenue détective privée, les rues sont plus sûres pour nos concitoyens. Je me demande si le président de la République n'aurait pas intérêt à vous engager, car après tout c'est la troisième grosse affaire que vous avez résolue.

— Je vous ai déjà dit….

— Que vous et vos amis avez résolue.

Les journalistes prirent plusieurs clichés et s'en allèrent contents de la conférence de presse. L'inspecteur Renoir fut très satisfait par ce qui venait d'être dit, car contrairement aux autres fois, les journalistes avaient accepté les propos de Catarina. Il était devenu à leurs yeux un membre de l'équipe que Catarina avait formée.

Lorsqu'il ne resta plus de journalistes dans la salle, Catarina s'adressa à ses amis :

— Mes amis, il est temps que nous allions faire la fête au restaurant, en votre honneur et celui de ma tante Gina. Je veux que vous sachiez que vous êtes à mes yeux plus que des amis. Vous faites partie de ma famille ! Vous êtes ma famille de cœur et où que vous soyez, quel que soit le problème que vous ayez, n'oubliez pas que je serai toujours là pour vous aider.

Ils se rendirent tous au restaurant, et là Gina put tous les remercier de l'avoir sauvée en les prenant un à un dans ses bras.

Une semaine plus tard, le Fossoyeur était enterré auprès de sa femme et de sa fille ; sur la pierre tombale on pouvait lire :

Ici reposent en paix un père, une mère, et leur fille.

Et voici ma troisième enquête, qui restera à jamais dans mes archives comme étant l'affaire du « Fossoyeur au masque d'argent ».

À chacune de mes enquêtes ma réputation d'enquêtrice grandit, à tel point qu'elle traverse les frontières, et que des propositions m'arrivent de toutes parts. Mais cela est une autre histoire, que je vous raconterai une autre fois.

FIN

DE LA MÊME AUTRICE
Édité chez BoD

La princesse pirate (version française)
La princesa pirata (version espagnole)
The pirate princess (version anglaise)

L'hirondelle et la princesse
(sortie septembre 2025)

La jeune fille et le brigand (version française)
La bella y el bandolero (version espagnole)

1 - Maty H détective privée
2 - Maty H et les disparues de l'orphelinat Sainte Catherine
3 – Maty H et le Fossoyeur au masque d'argent

1 - Un bandit pour que règne la justice
2 - Le prix de la loyauté

L'amour prend souvent des chemins bien tortueux

Mes livres papier et numériques sont référencés et distribués dans des milliers de librairies physiques et en ligne. Amazon, Fnac, Cultura, place des libraires, Decitre Chapitre.com, Google Play, Kobo.

https://livresdemlat.wordpress.com
ecrivainemarialuzat@gmail.com